Frank Göhre · Der Auserwählte

Eloi wurde reingelegt. Er schuldet dem illegal in Hamburg lebenden Afrikaner David Geld. Es ist Drogengeld, und David steht nun selbst unter Druck.
Doch Eloi ist plötzlich verschwunden. Der Sohn einer Hamburger Unternehmerin ist gekidnappt worden. Seine Entführer fordern fünf Millionen Lösegeld.

Was in einem Chinarestaurant auf St. Pauli und auf einer Abifete in Winterhude beginnt, führt zurück auf eine kanarische Insel Ende der 80er Jahre.
Dort herrschte ein „genialer Erzieher“ über eine Gruppe ihm höriger Anhänger. Elois Mutter war eine seiner Gespielinnen. Nach einem traumatischen Erlebnis ist sie vor ihm geflohen – ein Geheimnis bewahrend.
Jetzt fürchtet sie, dass es gelüftet wird. Es scheint nur eine Lösung zu geben: Geld, sehr viel Geld. Aber um das allein geht es nicht. Es geht für alle Beteiligten um vermeintliche Schuld und Sühne – und um Gerechtigkeit.

Nach seiner „Kiez-Trilogie“ (Neuauflage 2011) und dem die Thematik abschließenden Roman „Zappas letzter Hit“ (2006) erzählt Frank Göhre in „Der Auserwählte“ neben einem spektakulären Kidnapping die „Irrungen und Wirrungen“ ehemaliger Schulfreunde – eine Chronik der letzten drei Jahrzehnte in Hamburg und anderswo.

Frank Göhre

Der Auserwählte

PENDRAGON

Die Personen

Bettina	*Erbin eines weltweit tätigen Hamburger Konsumgüterunternehmens*
Eloi	*Abiturient, ihr Sohn*
Myriam	*ihre im Alter von 12 Jahren verstorbene Tochter*
Klaus	*ihr Mann, ein Jugendfreund*
Bernd	*Berni genannt, ein ehemaliger Mitschüler, Kommunarde und später Geschäftsführer einer Ferienanlage auf Gomera*
Mike	*ein weiterer ehemaliger Mitschüler, viele Jahre im Polizeidienst, dann im Wach- und Objektschutz des Konsumgüterunternehmens*
Pavel	*ein selbsternannter „genialer Erzieher" auf Gomera*
Sara	*eine ehemalige Kommunardin*
David	*ein aus Guinea geflohener junger Afrikaner, illegal in Hamburg*
Blacky	*ein in Hamburg agierender Drogendealer*
Li	*eine junge chinesische Köchin*
Sven & Olaf	*Schulfreunde von Klaus und den anderen*
Simone	*in Scheidung von Sven lebend, frühere Intimfreundin von Bettina*
Hans	*schuldig am Tod seiner Begleiterin auf Gomera und an einigem anderen*

Und schließlich sank die Sonne auf ihrer gebogenen und unwahrnehmbaren Falllinie hinab und wechselte von gleißendem Weiß zu einem trüben Rot ohne Glanz und Hitze über, als sei sie im Begriff zu erlöschen, todwund durch die Berührung mit jener über einer Menschenmasse lastenden Düsternis.

Joseph Conrad, Herz der Finsternis

Erfolgreich hatte er ihnen eingeredet, dass seine Gene besonders wertvoll wären und ein Kind von ihm daher von vornherein ein Vorteil sei.

Toni Elisabeth Altenberg,
Mein Leben in der Mühlkommune

Übereinstimmungen mit Personen und Vorkommnissen auf Gomera und anderswo sind beabsichtigt, aber dennoch fiktiv.

Frank Göhre

1

Als sich die Fahrstuhltür im 5. Stock des Münchner Sheraton Airport Hotels öffnete, glaubte Bettina, schon Garbareks kühl melodisches Saxophonspiel zu hören. Beschwingt beschleunigte sie ihre Schritte. Die Tür zum Zimmer 507 war nur angelehnt.

Bettina trat ein und schloss sie hinter sich.

Der Raum war hell erleuchtet.

Hardy saß am Fenster, hatte die Beine übereinander geschlagen und lauschte mit geschlossenen Augen der Musik. Er war bis auf seine Boxershorts unbekleidet, sein schmaler, sehniger Körper war sonnengebräunt.

„An die Wand", sagte er, ohne die Augen zu öffnen.

Bettina lächelte.

Sie legte ihre Umhängetasche ab und postierte sich an der freien Fläche vor dem Bett.

„Zieh dich aus", sagte Hardy.

Er sah sie jetzt an, musterte sie von Kopf bis Fuß, und sie verstärkte ihr Lächeln.

Sie schlüpfte aus ihrer Kostümjacke, knöpfte langsam und sich leicht in den Hüften wiegend ihre Bluse auf.

Ihr BH war ein schlichtes, weißes Teil.

„Ich hatte noch eine Besprechung", glaubte sie erklären zu müssen und fand es, kaum ausgesprochen, unsäglich albern.

Hardy sagte nichts dazu.

Bettina öffnete den Bund ihres knielangen Rocks, ließ ihn zu Boden fallen und stieg hinaus. Sie hob die Arme, tänzelte zu dem einsetzenden Basssolo des Garbarekstücks.

„Lass das", sagte Hardy. Er stand auf und kam zu ihr. „Du wirst dich noch genug bewegen können." Er hob ihr Kinn an. „Ich bin sehr enttäuscht von dir."

„Enttäuscht?" Sie wusste nicht, was er meinte, schluckte trocken.

Ein leichtes Frösteln überlief sie.

„Du hast mich warten lassen", sagte Hardy.

„Aber ich … ich konnte beim besten Willen nicht früher weg."

Er brachte sein Gesicht nah an ihres, und sie roch seinen Atem.

„Hardy", sagte sie. Sie wollte nach seinen Schultern greifen, ihn umarmen, sich an ihn schmiegen, doch er wehrte sie ab.

„Deine Geschäfte – ja, ich weiß. Dein Unternehmen. Alles hat Vorrang. Nur Hardy – Hardy hat sich zu gedulden, kann sich hinten anstellen." Seine Stimme war kalt und schneidend. „Soll ich das einfach so hinnehmen? Soll ich froh sein, dass Madame überhaupt noch erscheint?"

Bettina fasste sich.

„Hardy", wiederholte sie. „Nun sei nicht kindisch. Ich bin jetzt hier und …" Weiter kam sie nicht.

Er packte sie, stieß sie bäuchlings aufs Bett und riss ihren Kopf an den Haaren zurück.

„Ich mach dich nieder!“, zischte er. „Ich mach dich dermaßen nieder – ich mach dich fertig …“

2

Eloi fing die Schlampe vor ihrer Haustür ab.

Er packte sie mit der Linken am Hals, drückte ihr die Gurgel zu. Entsetzt weiteten sich ihre Augen, ihre scheiß Brille verrutschte.

Eloi schlug sie ihr aus dem Gesicht.

„Die Kohle!“, fauchte er. „Die ganze Kohle! Alles – alles, was du dir gegriffen hast!“

Sie krächzte irgendwas, zappelte unter seinem Griff. Ihr Trolley polterte aufs Pflaster.

Eloi gab ihr etwas mehr Luft.

„Ich … ich habs nur … es lag da …“

Er knallte ihr eine.

„Raus damit!“

Hinter ihm auf der Straße fuhr ein Taxi vor. Eloi sah aus den Augenwinkeln, dass der Fahrer ausstieg und Anstalten machte, zu ihnen zu kommen.

„Verpiss dich!“, schrie er ihn an. „Du wirst nicht gebraucht! Hat sich erledigt!“

„Ich … ich muss zum Flieger“, jammerte die Alte. „Mein Flieger!“

Der Taxifahrer zögerte.

„Abgang!“, setzte Eloi nach. „Mach die Rutsche!“

Der Typ zuckte die Schultern und zog sich langsam zurück.

Eloi semmelte der Schlampe noch eine rein.

Es war gerade mal ein paar Stunden her, dass er voll geil mit ihr gevögelt hatte, aber jetzt war er nur noch auf Hass. Sie hatte ihn nicht nur gelinkt, sie hatte ihn vor allem David gegenüber total scheiße dastehen lassen.

Sie wimmerte und schluchzte jetzt, und versuchte, sich nach ihrem Trolley zu bücken.

Eloi klatschte sie an die Hauswand und nahm sich den Reisekoffer selbst vor.

Es war kurz nach zehn, als Eloi seine Jet Force im Winterhuder Parkhaus abstellte. Sicherheitshalber.

Bei einem Pott Kaffee im Einkaufscenter zählte er das Geld noch einmal nach. Es waren 870 Euro in Fünfzigern, Zwanzigern und Zehnern. Mit dem, was er draufzulegen hatte, konnte David für den Stoff einen glatten Riesen einstreichen.

Ein klasse Deal, wie er ihm garantiert hatte.

Eloi war mit sich zufrieden, und David würde ein Stein vom Herzen fallen. Konnte sich locker machen und vielleicht auch langfristig mit Janet klar kommen. Er gönnte sie ihm. Null Problem. Er mochte sie zwar nach wie vor, aber es war längst nicht mehr die große Leidenschaft. Die Schlampe war ein wesentlich schärferes Teil gewesen. Nicht so hübsch, aber total versaut. Eine Drecksau – bye, bye.

Eloi steckte die Scheine wieder ein, ließ den Rest Kaffee stehen und ging zum Kieser Studio hoch. Er hatte ein Abo und einen eigenen Spind. Eine Runde an den Geräten würde ihm jetzt guttun.

Als er knapp zwei Stunden später zurück zum Parkhaus schlenderte, hatte er sich entschlossen, gleich nach St. Pauli rüberzudüsen. Er wusste, dass David spätestens um eins bei dem Chinesen auf der Matte zu stehen hatte.

Er zahlte sein Ticket und ging zu dem Platz, auf dem er seine Maschine geparkt hatte.

Zwischen den Wagen trat ein Anzugträger hervor, der ihm zunickte, als würde er ihn kennen.

Eloi erwiderte den Gruß.

„Eloi?", fragte der Mann.

„Exakt", bestätigte Eloi lässig, und ehe er sich versah, brachte ihn ein gewaltiger Hieb zu Fall …

3

David … Er öffnete die Augen und sah in ein helles Gesicht, es verschwamm gleich wieder, seine Lider flatterten, und er roch das faulig-nasse Holz, vernahm den die hohen Wellen peitschenden Sturm, tiefschwarz war die Nacht und entsetzlich kalt war es, ein eisiger Schub durchfuhr ihn, seine Zähne schlugen aufeinander, am ganzen Körper zitternd lag er auf den Planken des auf und nieder hüpfenden Boots, nur noch er, er allein, die Flasche mit dem winzigen Rest Wasser umkrallt …

Als er erneut zu sich kam, vernahm er flüsternde Stimmen, eine junge Frauenstimme, doch was geflüstert wurde, verstand er nicht, es war wie das Rascheln von Blättern … unheilvoll … ein Ast knackte … die Tür flog krachend auf … Schüsse … Schreie … für einen Moment sah er ein Stück Himmel, sah glitzernde Sterne. Es war stickig in dem Raum, und er hatte Durst. Er versuchte, sich aufzurichten.

Es gelang ihm nicht. Kraftlos sank er zurück, brachte nur noch ein Stöhnen heraus …

„Drei Tage, drei Nächte", sagte die junge Frau. „Du hast viel durchgemacht. Du kannst uns später alles erzählen. Jetzt trink erst mal etwas – aber langsam."

Ein Mann mit bloßem Oberkörper stand neben

ihr. Er hatte einen dichten, grauen Bart und nickte zustimmend.

„Yvonne kümmert sich um dich“, sagte er. „Hab keine Angst. Bei uns bist du sicher.“

„Wo … wo bin ich?“

„Auf den Kanaren, auf Gomera. Es hat dich zu uns an den Strand getrieben – unglaublich, dass du das überstanden hast, nicht ernsthaft verletzt bist. Aber du brauchst Ruhe, viel Ruhe. Wie ist dein Name? Wie sollen wir dich nennen?“

Bernd vergewisserte sich, dass auch die letzten Gäste ihr Frühstück im Freien beendet hatten und ihr Geschirr zurückbrachten. Das Stuttgarter Paar versorgte sich noch mit Wasser und Früchten für seine Wanderung im Norden der Insel. Ihr Neunjähriger bolzte schon mit den anderen Halbwüchsigen auf dem in der prallen Sonne liegenden Platz.

Es waren bereits 28 Grad bei wolkenlosem Himmel.

Bernd nahm einen Schluck Tee, strich über seinen Bart und blickte in die kleine Runde. Er räusperte sich.

„Er heißt David“, sagte er dann. „Ich schätze ihn auf achtzehn oder auch zwanzig. Er weiß es nicht. Er ist aus Guinea. Mehr ist nicht aus ihm rauszubekommen. Was schlagt ihr vor?“ Er legte seine Hand auf Yvonnes Schenkel, signalisierte ihr, sich vorerst zurückzuhalten.

Die am anderen Ende des Tisches sitzende Sara strich eine Strähne ihres langen, rostroten Haars zurück. Sie und Bernd waren die Ältesten, beide noch aus der ehemaligen Kommune.

„Es gibt nur zwei Möglichkeiten“, sagte sie und griff nach Wolfis Tabak. „Die eine wird keiner von euch wollen – ihn den Behörden zu übergeben.“

„Nix Policia“, bekräftigte Antonio. Er zwinkerte Sara zu. Wolfis Miene verfinsterte sich. Er war neu in dem geschäftsführenden Team der Ferienanlage, ein hagerer Typ mit einem von Aknenarben gezeichneten Gesicht.

„Die andere ist, wir halten ihn erst einmal versteckt.“

Bernd nickte.

„Und – Wolfi?“, fragte er.

„Ja? Was?“

„Was sagst du?“

„Seh ich auch so“, sagte Wolfi und verfolgte aus den Augenwinkeln, wie Sara ihre Zigarette drehte. „Die Frage ist nur – also mal ehrlich, wie stellt ihr euch das vor? Soll er etwa in der Baracke eingesperrt bleiben oder was? Frei hier rumturnen kann er ja wohl nicht.“

„Mit versteckt mein ich, vor den Einheimischen. Vor denen müssen wir ihn abschotten.“

„Seh ich Problem“, wandte Antonio jetzt ein. „Anlage ist offen für Leute von ganze Insel, haben auch ihr Camp hier …“

„Ja, Toni, ja. Aber die bleiben weitgehend unter sich. Nein, wir –“ Sara ließ sich von ihm Feuer geben. „Ich denke, wir quartieren ihn am besten bei mir oben im Brunnenhaus ein, da schleicht niemand rum. Auch keine Gäste. Und dann sehen wir weiter.“

„Hm“, machte Yvonne. „Und das traust du dir zu?“

„Warum nicht?“

„Sorry, Sara, aber ich denk daran, dass du momentan ziemlich stark an unserem Gast aus Zürich interessiert bist."

Sara lachte ein kehliges Lachen.

„Yvonne – Schatz. Mit dem Knaben vögele ich sonst wo, aber nie – never no in meinem Bett."

David trank mit großen Schlucken aus der Wasserflasche. Als er sie abgesetzt und Bernd zurückgereicht hatte, wischte er sich über den Mund. Bernd nahm auch einen Schluck.

„Also", sagte er. „Ich machs kurz. Hier um Asyl zu bitten, ist relativ aussichtslos. Man steckt dich in ein Lager, man wird dich wieder abschieben. Das ist die zur Zeit gängige Praxis. Man will euch nicht, egal, ob ihr in eurer Heimat verfolgt und getötet werdet oder ob ihr verhungert." Er sprach langsam, eindringlich betonend. „Aber wir können dir helfen. Du kannst auf dem Feld und später auch in der Küche arbeiten. Du bekommst zu essen und Kleidung, hast ein Bett in einem unserer Häuser. Niemand wird dich nach irgendwelchen Papieren fragen. Du kannst bleiben." Er rückte mit seinem Hocker näher an die Liege. „Die Frage ist …" Er beugte sich zu ihm. „Die Frage ist, ob du es willst? Oder ob du bei deiner Flucht ein Ziel hattest? Familie, Freunde in Europa?"

David schüttelte den Kopf.

„Vater tot", sagte er. „Von Soldaten erschossen." Er schloss kurz die Augen, verzog schmerzhaft das Gesicht. „Mutter auch", sagte er dann noch, bevor sein Körper zu zittern begann und er wieder die gellenden

Schreie hörte … das trunkene Lachen … die immer lauter werdenden, sich gegenseitig anfeuernden Stimmen … die klatschenden Schläge …

Weit über ein Jahr verging.
Er lebte sich ein.

David streckte die Hand aus. Die etwas außer Atem gekommene Frau ergriff sie, und er stützte sie auf den letzten Metern nach oben ab. Der Weg war schmal und steinig. Von tief unten war das Rauschen des Meeres zu hören.

Die Wellen brachen sich an den Klippen.

Die Frau blieb an der Felskante stehen und sog die noch kühle Luft des allmählich anbrechenden Tages ein.

Sie kam aus Salzburg – Elisabeth, eine Frau Mitte fünfzig, hatte er von Sara gehört. Sie war zierlich, hatte ein fein geschnittenes Gesicht und leicht schräg stehende dunkle Augen. Ihr schon grau werdendes Haar hatte sie an diesem Morgen hochgesteckt. Bekleidet war sie mit Shorts und einem schlichten Baumwollhemd, Wollsocken und Wanderschuhen.

„Danke", sagte sie und wandte sich ihm wieder zu. „Allein hätt ichs mich nicht getraut."

„Ich bin oft hier, wenn die Sonne aufsteigt." David hakte die Thermosflasche vom Gürtel und schraubte den Becher ab. „Kaffee mit heißer Milch und zwei Löffel Zucker."

Sie hob überrascht die Augenbrauen.

„Das hast dir gemerkt?“

„Sie haben es zu Ihrem Mann gesagt.“

„Er ist nicht mein Mann, David. Er begleitet mich nur.“ Sie hockte sich auf einen der großen Felsbrocken. David reichte ihr den dampfenden Kaffee. Sie nippte daran, sah zu ihm hoch.

„Rauchst du?“, fragte sie.

„Sorry.“ Er machte eine entschuldigende Geste. „Ich habe Tabak vergessen.“

Sie stellte den Becher ab, zog eine kegelförmig gerollte Zigarette aus der Brusttasche und betrachtete sie nachdenklich.

„Mir ists auf der Fähre angeboten worden. Ich weiß nicht, obs was taugt. Probieren wirs.“

Er schüttelte den Kopf.

„Nicht bei Arbeit“, sagte er.

„Aber gänzlich abgeneigt bist doch wohl nicht?“

„Es ist gut nach einem langen Tag – manchmal.“

Sie nickte, riss ein Streichholz an und nahm einen tiefen Zug.

„Setz dich zu mir“, sagte sie. „Es wird schon heller.“ Sie rückte ein wenig zur Seite. Er zögerte. „Nun komm.“

David nickte verlegen, gab dann aber acht, nicht allzu dicht neben ihr Platz zu nehmen. Ihm wurde mit einem Mal heiß.

Er wischte sich über die Stirn.

„Was denkst eigentlich über mich?“, fragte sie unvermittelt. „Was hast gedacht, als du mich zum ersten Mal bemerkt hast? Ich glaub, das war gleich am Abend unserer Ankunft. – Du hast das Buffet aufgefüllt.“

„Sie waren müde."

„A geh, ich war betrunken, David. Furchtbar betrunken. Ich war laut."

„Sie sind Gast", sagte er.

Sie schüttelte missbilligend den Kopf.

„Ich bin ausfallend geworden. Ich hab mich mit dem Hans gefetzt. Hast nicht gehört, was ich ihm alles hingeschmiert hab?"

„Das geht mich nichts an", sagte er.

„Du wirst dir gedacht haben, ist das ein grausliges Weib, die ist ja völlig aus der Spur. Die wird jeden Abend rumrandalieren und womöglich noch auf den Tisch kotzen."

„Nein, nein ..."

„Ich war tatsächlich nahe dran. Und weißt, warum, David?"

„Das ist Ihre Sache, sorry. Ich mach nur meinen Job."

„Ich sags dir. Der Hans, der wollt nicht hierher. Dem hats schon gereicht, was er im Internet gelesen hat – einsam gelegene Bucht, nur mit dem Boot zu erreichen, alte Häuser, einfach eingerichtet. Und dann der Blutschmierer, das weißt doch sicher."

David presste die Lippen aufeinander, schaute zu Boden. Er wollte es nicht hören. Er wollte jetzt nichts mehr hören. Nichts mehr hören und nichts mehr sagen müssen.

Ein Gecko huschte über das Geröll.

„Der Blutschmierer, ja, das hat den Hans am meisten angewidert. Dass ich ausgerechnet an einen Ort will, wo der sein Unwesen getrieben hat – mit Menstruationsblut gesudelt, und seine Leut hat er Kot fressen lassen. So spinnert hat er dahergeredet, der Hans."

Sie schnaubte abfällig, rauchte wieder und sah dem aufsteigenden und sich leicht kräuselnden Rauch nach.

„Aber eigentlich ists ihm hier zu schäbig", fuhr sie fort. „Es ist unter seinem Niveau. Und weißt, was er damit meint? Er ists nicht gewohnt von mir. Ich zahl sonst für die teuersten Hotels, lass ihn an meiner Seit in Saus und Braus leben und steck ihm noch Tausende zu. Ich halt ihn aus, meinen feinen Begleiter, und mitgefahren ist er letztlich nur, weil er fürchtet, die Quelle könnt ihm versiegen. Das – das hab ich ihm vorgehalten." Sie fasste David am Arm. „Da – schau, die Sonne zeigt sich!"

Hinter ihnen polterte ein Stein den Abhang hinunter. David sprang auf.

Sie blickte hin, erstarrte –

„Hans …!"

„Sieh an, sieh an." Der Mann kam auf das Plateau, reckte sich, spannte kurz seine Muskeln an und schlenderte lässig zu ihnen. Er war nicht sonderlich groß, ein sehniger, smarter Typ, das dunkelbraune Haar verwuschelt, breit lächelnd, seine geraden, perfekten Zähne zeigend.

„Meine kleine Lizzy – schleicht sich mitten in der Nacht heimlich davon und amüsiert sich mit dem Küchenburschen." Er klopfte David leicht auf die Schulter. „Verschwinde."

„David hat – er hat mir den Weg gezeigt. Mir wars zu …“

„Dir wars zu langweilig mit mir, aber ja doch. Ich habs gehört.“ Er hob ihr Kinn an. „Du bist es leid. Du hast es über, mir immer nur zu geben und nichts mehr dafür zu bekommen – keine wilden Nächte mehr, keinen Spaß.“

„Ich …“ Sie schlug seine Hand weg. „Lass mich!“

„Oha – meine Lizzy wird böse.“

„Ja, ja – ich mag nicht mehr. Behalt, was du noch von mir hast, behalt alles, aber lass mich in Frieden!“ Sie stieß ihn von sich.

David stand wie gelähmt da.

Der Mann stolperte, fing sich und holte aus.

Sie duckte sich, griff nach einem Stein, und er … er schnellte vor, packte sie, schleuderte sie zu Boden, trat nach ihr, trat, trat sie, und sie … sie schrie … schrie … kroch von ihm weg, wollte sich aufrichten … er erwischte sie am Kopf … sie taumelte zurück … schrie … schrie … ein anhaltender, langgezogener, in der Tiefe ersterbender Schrei.

Sie kamen mit dem letzten Boot und erlösten ihn aus seinem dumpfen Grübeln. Sara umarmte ihn und küsste ihn auf die Wangen. Antonio klopfte ihm auf die Schulter. Er packte aus, was er an Essen aus der Küche der Ferienanlage mitgebracht hatte, kaltes Huhn, Käse, Tomaten, Brot und Oliven, einige Mangos und Bananen. Sara ließ David die Flasche Wein entkorken.

„Es steht jetzt in der Zeitung, es ist nicht viel“, sagte sie. Sie nahm das Blatt aus dem Korb und las vor. „Die österreichische Touristin Elisabeth K., 56, wurde gestern Vormittag tot in den Klippen aufgefunden. Ihr Freund Hans D., 37, will gesehen haben, dass ihr ein in der Anlage arbeitender Afrikaner bei ihrem frühmorgendlichen Spaziergang heimlich nachgeschlichen ist. Er beschuldigt ihn, beim Versuch sie zu vergewaltigen, getötet zu haben."

„Er hat getan …"

Sara machte eine beruhigende Geste.

„Wir haben der Polizei gesagt, er müsse sich irren. – Du bist schon am Tag vorher mit Bernd auf die Fähre. Du begleitest ihn nach Cadiz. Ich hab ihn vorhin erreicht. Er wird es telefonisch bestätigen."

„Machen trotzdem scharfe Kontrollen", sagte Antonio.

„Klar – das Arschloch bleibt bei seiner Version."

„Ich kann sagen, wie es war."

„Du bist nicht mehr auf der Insel, David. Capito? Wir warten noch ein paar Tage ab und schaffen dich dann rüber nach Teneriffa." Sara füllte die Gläser. „Dieser Hans Dinklage reist morgen ab. Er hat Gott sei Dank keinen Gast gefunden, der dich morgens noch gesehen hat."

„Aber was soll werden? Was soll ich tun?"

Sara nahm einen großen Schluck. Sie setzte das Glas ab und drehte sich eine Zigarette. Antonio gab ihr Feuer und machte sich daran, den Tisch zu decken. Es war seine Stadtwohnung in San Sebastian, in einem hoch über dem Hafen gelegenen Neubau, in der sie David untergebracht hatten. Zwei karg eingerichtete Räume, ein schmales Duschbad mit Toilette.

Sara übernachtete gelegentlich bei ihm.

„Ich habe noch Kontakte in Spanien, in Deutschland, in ganz Europa", sagte sie. „Alte Freunde, ehemalige Kommunarden – na ja." Sie lächelte ein dünnes Lächeln.

David begriff. Er schüttelte den Kopf.

„Ich hatte es gut bei euch", sagte er leise. „War alles gut …"

Fluchtziel Hamburg.

Das Zimmer der Souterrainwohnung war am Ende des schmalen Flurs.

Das Mobiliar bestand aus einer stockfleckigen Matratze, einem ursprünglich weißen Plastikgartenstuhl und einer auf Ziegelsteinen liegenden schmalen Bauplanke. Darüber waren mehrere Nägel in die feuchte Wand eingeschlagen. Die Tapete war weitgehend abgerissen. Erleuchtet wurde das fensterlose Zimmer von einer einzelnen Glühbirne, die von der Decke herunterbaumelte.

David nickte zustimmend.

Es war eng, es war kalt, aber er hatte das Zimmer für sich allein, konnte kommen und gehen, wann er wollte.

„In den anderen Zimmern wohnen Landsleute", erklärte Blacky. „Du wirst sie noch kennen lernen, arbeiten jetzt alle." Er grinste. „Die Frauen bringen immer was an Essen mit, putzen bei scheiß reichen Leuten. Hamburg ist gut für uns."

„Ich hab noch nicht viel gesehen", sagte David. „Nur etwas Wandsbek, und abends Gemeindehaus."

„Gemeinde hat viele Frauen ohne festen Mann. Hast du eine im Auge?"

„Nein, nein – nix Frau." David schüttelte energisch den Kopf. „Ich will Arbeit."

„Shit, Mann", sagte Blacky und zog einen Spliff hervor. „Du willst Kohle."

David betrat den ihm von Blacky empfohlenen Laden in Altona. Er sagte dem Türken hinter dem Tresen, wohin er telefonieren wollte und bekam für 4 Euro eine Karte.

In der Kabine strich er den Zettel glatt, auf dem Sara ihm Antonios Festnetznummer notiert hatte. Er wählte sie.

Sara war sofort am Apparat.

„Warum hast du dich nicht gleich gemeldet? Wir haben uns Sorgen gemacht."

„Ich wollte nicht fragen. Der Mann hatte es eilig nach Hamburg zu kommen. War lange Fahrt."

„Ich habe schon mit ihm telefoniert. Du hättest von unterwegs anrufen können."

„Gab Streit."

„Streit mit dir?"

„Mann war eifersüchtig, weil die Frau immer hinten bei mir im Van saß."

„Und?"

„Nix weiter. Haben mich gleich zur Kirche gefahren."

„David – pass auf dich auf. Der Ecki ist eigentlich ganz in Ordnung. Vermutlich hat er ohnehin Zoff mit seiner Neuen. Bleib mit ihm in Verbindung."

„Ich habe jetzt eigenes Zimmer", sagte David und erzählte, dass er mit anderen Afrikanern in Eimsbüttel wohne und mit einer der Frauen in einer Putzkolonne arbeite, auch sonst zurechtkomme. „Musste keine Papiere vorzeigen", schloss er.

„Okay", hörte er Sara sagen. „Bemüh dich aber jetzt um richtige. Vielleicht kannst du ja schon bald zurückkommen. – Irgendwie fehlst du mir."

David lächelte ein kleines, wehmütiges Lächeln.

Er schwieg.

Auf dem Weg runter nach St. Pauli hatte er noch lange Saras Stimme im Ohr. Er hatte sie auch vor Augen ... sie saß vor dem Brunnenhaus, rauchte ihre selbst gedrehte Zigarette und sah ihm entgegen ... ließ ihn eine Flasche Wein öffnen ... erzähl mir, was du von unseren neuen Gästen hältst ... du siehst sie noch einmal anders ... und er redete, und er lernte von Tag zu Tag mehr deutsche Worte, lernte von ihr und sah mit ihr zum Sternenhimmel hoch, lauschte mit ihr dem aufkommenden Wind, den Wellen des Meeres, die an die Kaimauer schlugen ...und manchmal hatte sie ihm auch was vorgelesen, von einem Kapitän, der auf einem Flussdampfer ins Innere eines afrikanischen Landes fuhr, ins Herz, in das Herz der Finsternis ...

Es war eine tiefschwarze Nacht, nur noch wenig Verkehr auf der Zufahrtsstraße zur Autobahn. Es ging auf vier Uhr zu. Starker Regen prasselte an die Glasfront der Zahnklinik.

David wischte im dritten Stock den Flur. Mit den Praxisräumen und Büros war er bereits durch, hatte die Papierkörbe in den Müllsack geleert. Er hatte keine Eile. Der Kleintransporter der Reinigungsfirma kam immer erst um halb fünf, um sie zum nächsten Gebäude zu fahren. Zeit genug also, vorher noch mit den anderen der kleinen Mannschaft ein paar Worte zu wechseln, sich auszutauschen.

Manchmal gab es einen Tipp, wo man zusätzliche Jobs finden konnte.

Bei Gemüsehändlern, bei Entrümplern, in Nachtclubs und Bars, in Restaurantküchen. Pro Stunde bekam man da im Schnitt 6 Euro, die Reinigungsfirma zahlte nur zwanzig für eine Schicht von drei bis sieben.

David drückte den Feudel aus, raffte sein Putzzeug zusammen und schulterte den Müllsack.

Er ging zum Fahrstuhl.

Bevor er ihn erreicht hatte, hörte er aus der zweiten Etage aufgeregtes Geschrei. Irgendjemand hatte gesehen, dass draußen ein Streifenwagen vorgefahren war, gab Alarm.

Police! Police!

Police control!

David reagierte umgehend.

Er ließ alles, was er in den Händen hatte, fallen und rannte zum Treppenhaus. Zwei, drei Stufen auf einmal nehmend hastete er hinunter in den Heizungskeller. Er wusste, dass es hier mehrere Fensterluken gab und hoffte, dass sich eine öffnen ließ …

Drei Tage später sprach ihn eine junge Chinesin in dem kleinen Park hinter der Osterstraße an. Sie bat ihn um Feuer für ihre Zigarette, doch er hatte kein Feuerzeug und auch keine Streichhölzer.

Er hatte absolut nichts in den Taschen seiner Trainingshose.

Er saß fröstelnd auf der Bank und hatte vor sich hin gegrübelt, was er tun konnte, um sich wieder etwas Geld zu verdienen.

Blacky war schon seit über einer Woche nicht mehr aufgetaucht. In der Kellerwohnung hieß es, er sei entweder von der Polizei abgegriffen worden oder habe irgendwas Größeres laufen.

Blacky mischte bei zig Geschäften mit. Auf dem Kiez. Im Hafen.

Er hatte jede Menge Kontakte.

Die Chinesin haute einen vorbeischlendernden Typ an. Rauchend kam sie zu ihm zurück.

Sie setzte sich neben ihn und fragte, woher er komme und was er mache.

Er spürte, dass sie wirklich interessiert war und erzählte ihr einen Teil seiner Geschichte.

Sie unterbrach ihn nicht, hörte ihm aufmerksam zu.

Als er geendet hatte, sagte sie, dass ihr Onkel ihn vielleicht gebrauchen könne und nannte ihm das Lokal in der Lincolnstraße …

„Okay, Mann, okay", sagte Blacky. „Wenn du scharf bist auf die Kleine – sechzig pro Gramm, erstklassiger Stoff."

„Es ist nicht für sie", sagte David. „Sie will es für einen Freund. Ihre Familie darf nichts davon wissen."

„Egal für wen – sechzig." Blacky stippte eine Fritte in den Klacks Ketchup, verzehrte sie und nahm sich dann seinen zweiten Big Tasty Bacon vor.

David trank seinen Kaffee aus.

Sie saßen im McDonalds an der U-Bahn-Station Hoheluft, und David hatte Druck. Um spätestens eins hatte er bei dem Chinesen zu erscheinen.

Lis Onkel strafte jede noch so geringe Verspätung mit Abzug eines Stundenlohns.

„Hast du was dabei?" fragte David. „Sie braucht es gleich."

Blacky kniff kauend die Augen zusammen.

„Von wie viel sprechen wir?"

„Zwei, drei Briefchen vielleicht."

Blacky legte seinen Burger zurück aufs Tablett und wischte sich über die Lippen.

„Lass mich nachdenken", sagte er. Er sah eine Weile nach draußen, klopfte mit der Rechten irgendeinen Takt.

„Okay", sagte er dann schließlich. „Mach den Deal. Aber ich will noch heute die Kohle. Also bau keinen Scheiß."

4

Sie saßen auf der Terrasse ihres Eppendorfer Stammitalieners und gaben die Bestellungen auf. Sven orderte einen großen Salat und Mineralwasser, Olaf eine Salamipizza mit doppelter Portion Anchovis und ein Viertel Roten, Mike und Klaus nahmen das Mittagsmenü I, Hähnchenbrust in Gorgonzolasauce mit den üblichen Beilagen, und kamen überein, gemeinsam einen Liter vom weißen Hauswein verkraften zu können.

„Kein Wasser", fügte Klaus hinzu. „Stattdessen ein Ascher."

Der erste Lacher.

Die nicht sonderlich attraktive Aushilfe ging ab.

„Okay", sagte Olaf. „Das ist erledigt. Was machen die Weiber?"

„Unverändert", sagte Sven. „Simone will das Ferienhaus." Er lebte mit ihr in Scheidung, beide beschäftigten hoch bezahlte Anwälte. Simones sollte dem Vernehmen nach der Erfolgreichere sein.

„Hat sie einen neuen Lover?"

Olaf grinste.

„Ich stehe zur Verfügung", sagte er.

„Rückblickend hätte ich dir vor zwanzig Jahren den Vortritt lassen sollen", erwiderte Sven.

Gut pariert. Großer Lacher.

„Ich will euch beiden ja nicht zu nahe treten", sagte Mike. „Aber Simone ist für keinen Mann geschaffen."

Klaus hob überrascht die Augenbrauen, schüttelte leicht den Kopf. Er zündete sich eine seiner Filterlosen an und lehnte sich abwartend zurück.

„Mich kränkst du nicht", sagte Sven.

„Bei Licht betrachtet – beim ersten Licht eines frühen Tages – mich auch nicht", sagte Olaf und prustete los.

„Arbeitet sie eigentlich wieder?", fragte Klaus, als Olaf sich gefangen hatte.

„Neues Thema?"

„Nur 'ne kleine Zwischenfrage."

„Simone", sagte Sven. „Simone, mein Lieber, hat immer gearbeitet. In der Grundschule, auf dem Gymnasium, in den zwei Semestern Kunstgeschichte, in der Gruppe werdender Mütter, bei der Geburt unserer reizenden Tochter Stephanie, beim Stillen und vor allem, vor allem, in unserem volltechnisierten Haushalt mit zweimal wöchentlicher Putzhilfe."

„Du vergisst, dass sie letztes Jahr bei uns war."

„In der Verwaltung", ergänzte Mike. „War oft bis weit nach Feierabend im Büro."

„In Urlaubsvertretung", winkte Sven ab. „Drei Wochen, wenn ich mich richtig erinnere."

„Bettina war außerordentlich zufrieden mit ihr", sagte Klaus.

„Mehr als mit dir?"

„Olli – meine Qualitäten liegen auf einem völlig anderen Gebiet."

„Überrasch mich."

Klaus zog seine Brieftasche hervor und ließ kurz einige abgegriffene große Scheine sehen.

„Ich bin spendabel", sagte er. „Die Rechnung geht heute auf mich."

Ein Dreier o-ha.

„Gezockt?!"

„Kleiner intimer Kreis. So'n Gangsta-Nigger durfte mit an den Tisch. War aber schnell wieder raus. Hätte beinahe Ärger gegeben." Er lachte. „Na ja, Jimmy musste den Finger wedeln. Er denkt übrigens jetzt doch an 'ne kleine Kücheneinrichtung."

Olaf machte den Dieter Thomas Heck Salut.

„Die neue Bleibe?", fragte er. „Hafencity?"

Er notierte den eventuellen Auftrag auf seinem Deckel.

Die Getränke wurden serviert. Die langjährigen Kuddel prosteten sich zu.

Mike parkte den Wagen auf der unteren Ebene des Firmenparkhauses.

Er schaltete den Motor aus. Der Hit aus den 80ern brach ab.

„Danke übrigens, dass du mich nicht verklappt hast", sagte er.

Klaus drückte seine Kippe aus.

„Läuft das noch mit euch?"

„Nicht mehr ganz so heftig, aber immer wieder mal. Dieses Ferienhaus ist der Hammer. – Sie will jetzt schießen lernen."

„Schießen? Wozu?"

„Hast du doch gehört. Sie will die Nobelhütte ganz für sich und raus aufs Land ziehen. Ist 'ne verdammt einsame Gegend."

„Und Stephanie?"

„Die nistet sich gerade bei ihrem dritten Freund ein – mit sechzehn, man fasst es nicht!"

Er öffnete den Schlag. Klaus stieg mit ihm aus.

Er spürte, dass er leicht einen sitzen hatte. Er hatte sich noch einen Halben nachbestellt. Es war eine lange Mittagspause geworden, eine sehr lange. Eigentlich lohnte es sich für ihn schon gar nicht mehr, noch ins Büro zu gehen. Aber Mike hatte noch die Kontrollschichten einzuteilen und einigen Papierkram zu erledigen, und er wollte ihn zumindest bis zum Haus B, der Produktionshalle, begleiten.

Sie verließen das Parkhaus. Mike blieb abrupt stehen.

„Stopp", sagte er. „Bettina."

Er nickte zum Tor hin. Klaus sah seine Frau nun auch, die Chefin.

Bettina wechselte offenbar ein paar Worte mit dem Pförtner.

Sie hatte nur ihre Umhängetasche dabei, keine Aktenmappe wie sonst.

„Macht früh Schluss", sagte Mike. Er sah Klaus fragend an.

„Keine Ahnung."

Ein Taxi kam, und Bettina stieg ein.

Klaus zuckte noch einmal die Achseln.

„Wird ’n Termin haben“, sagte er.
„Ohne Chauffeur? Soll ich mich schlau machen?“
„Soll ich mich lächerlich machen?“, konterte Klaus.

Das Erste war eingeschaltet. Der schleswig-holsteinische SPD-Vorsitzende war im Bild. Er faselte was von seinem Werdegang als aus ärmlichen Verhältnissen kommender Stipendiat.

„Arschloch“, kommentierte Eloi. Er hockte auf Bettinas Lieblingscouch und tippte eine SMS nach der anderen in sein Handy.

„Ein gottverdammter Heuchler“, sagte Klaus. „Wie die gesamte Spezies.“

Er stand in der offenen Terrassentür und rauchte.

„Wo macht ihr denn im September euer Kreuz?“

Klaus nahm einen letzten Zug und drückte die Kippe im Blumenkübel aus. Er ließ sich ächzend in den Ledersessel fallen, öffnete seinen Gürtel.

„Was deine Mutter wählt, kann ich nur vermuten.“

„Verrats mir.“

„Sie lässt blaugelbe Dosen für Gleitcreme produzieren.“

„Mieser Witz, Alter. So gehts nun auch nicht.“

Klaus machte eine lässige Geste. Er griff nach seinem Bier.

„Okay“, sagte er. „Aber ich denke, sie setzt auf das schwule Großmaul. – Weißt du eigentlich, was sie heute Abend auf dem Programm hat?“

Eloi tat, als denke er nach, zuckte schließlich die Schultern.

„Ist sie nicht bei ihren Yoga-Ladies?"

„Keine Ahnung", sagte Klaus. „Sie ist ziemlich früh abgedüst."

Eloi legte sein Handy beiseite, stand auf und reckte sich.

Er nickte zum Fernseher hin.

„Gibt gleich noch 'n Thriller", sagte er. „Bist du dabei?"

„Klar."

Klaus sah zu ihm hoch.

Ein verdammt hübscher Kerl, stellte er wieder einmal insgeheim fest.

Schmale Hüften, breite Schulter, starker Bizeps. Das Gesicht seiner Mutter, allerdings diese ungewöhnlich dichten und fast ineinander übergehenden dunklen Augenbrauen.

Okay, es brachte nichts, darüber zu grübeln. Schon längst nicht mehr.

„Sollen wir uns vorher noch was zu futtern bestellen?", fragte er. „Pizza? China Food oder auch was vom Griechen?"

Eloi griente.

„Willst du noch fetter werden? Dabei schrumpft dein Gehirn. Kriegst dann echt nicht mehr mit, um was es bei dem Streifen geht. – Ich hau uns 'n Steak in die Pfanne, das kommt besser …"

Klaus traf erst am nächsten Nachmittag mit Bettina zusammen. Sie begegneten sich auf dem Flur zum Büro des Betriebsratsvorsitzenden.

„Eloi hat nach dir gefragt“, sagte er.

„Was wollte er?“

Sie sah übermüdet aus, wirkte angespannt. Und sie trug, was sie auch gestern getragen hatte. Na ja – was solls? Es war halt, wie es war.

„Sie feiern heute Abend ’ne Fete“, sagte er. „Ob du dafür ’ne Kiste Schampus spendierst.“

„Gib ihm Geld.“

„Ich hab nur Plastik“, log er. Er dachte nicht daran, seinen Pokergewinn zu minimieren. „Außerdem – ich glaub, er wollte mit dir reden. Vielleicht schaffst dus ja noch, bevor er loszieht.“

„Voraussichtlich nicht“, sagte sie. „Lass dir was aus der Kasse geben. Sie sollen es unter Privatentnahmen verbuchen.“

5

David vergewisserte sich noch einmal, dass er bei dem überstürzten Aufbruch auch alles eingesteckt hatte. Er war sich des Risikos bewusst. Er schwang sich zu Eloi auf den schmalen Sitz der silbernen Peugeot Jet Force, die Plastiktüten mit dem China Food ausbalancierend. Die Tsingtao-Flaschen schepperten aneinander.

Es war eine schwüle Sommernacht, gewittrig, zunehmender Mond. Hinter ihnen waren ein paar grölende Kids zu hören, aus einem vorbeifahrenden Wagen dröhnte irgendein Rap. Die Leuchtschrift des Chinesen flackerte, war seit Wochen defekt.

„Ist nicht weit", sagte Eloi über die Schulter hinweg. Seine Augen strahlten. Er zwinkerte David zu. „Hab ich doch klasse hingekriegt. Super Serviceauftrag und ab gehts!"

Er startete, ignorierte das Stück Einbahnstraße und bog auf die Reeperbahn ein.

Zu beiden Seiten der Straße schoben sich Menschenmengen an den Kneipen, Clubs und Spielhöllen vorbei. Vom Dom her war das Rattern der Loopingbahnwagen zu hören, Kreischen und Jubeln und fetzige Hits.

Eloi nahm die Straße zu Planten un Blomen, große Baustelle, einspurig zum Teil. Wieder verkehrswidrig bretterte er am Cinemaxx vorbei den Mittelweg hoch.

Als sie das Haus in der Gryphiusstraße erreicht hatten, atmete David erleichtert auf. Eloi schaute auf seine Uhr.

„Vierzehndreißig", sagte er. „Nicht gerade meine Bestzeit, aber okay. – Denn mal hoch zu der Meute."

Auf der Dachterrasse im Fünften hingen eine Menge Leute ab, an die zwanzig mindestens, Jungs in knielangen Shorts und bunt gemusterten Hemden, Freizeitlook, die Mädchen mit trendy Klamotten bekleidet, super gestylt, allesamt in Elois Alter. Einige ließen eine Wodkaflasche kreisen, andere schlürften Cola oder Red Bull. Sie flachsten, sie lachten, viele rauchten. Aus den Boxen im Wohnraum dröhnte ein Reggae. Eine sehr schlanke und langbeinige Brünette, ein Modeltyp, tanzte für sich allein, tänzelte zu David heran.

„Wer bist denn du?"

Eloi verschaffte sich Gehör, erklärte knapp – David, ein Kumpel vom Kiez, voll in Ordnung, hat China Food dabei und auch sonst noch was im Angebot, alles bestens jedenfalls. Er ließ David die Pappschachteln rumreichen, legte ihm dann den Arm um die Schultern und zog ihn beiseite.

„Hör mal", sagte er. „Lass mich den Stoff verticken, dann hast du keinen Stress."

David zögerte. Das kam unerwartet, war nicht abgesprochen. Er hatte ein ungutes Gefühl.

„Wie viel?", fragte er schließlich.

Eloi wiegte den Kopf.

„Die sind durchweg gut bei Kasse und – ey, ich steh dafür gerade. Ich hab das im Griff. Okay?"

David nickte, wollte aber immer noch nicht so recht. Erst als er registrierte, dass einige Typen ungeduldig zu ihnen hinblickten, steckte er Eloi sämtliche Briefchen zu. Eloi dankte.

„Kannst dich auf mich verlassen", versicherte er noch einmal. „Gönn dir was, wahrscheinlich pennen die meisten auch hier."

David nahm sich ein Bier und hockte sich auf eine Liege. Anfangs behielt er Eloi noch im Auge, sah, wie er ein Briefchen nach dem anderen rausrückte und auch Scheine kassierte, die lässig hervorgezogen wurden. Alles schien glatt zu laufen, problemlos.

Ein stämmiger Junge, muskelbepackt, verdrückte sich mit einem der Mädchen in der Wohnung, ein weiterer Junge folgte ihnen, rieb sich schon was auf die Zähne und hob zu David hin den Daumen.

Die Musik wechselte, ein melodischer Sound erklang, und das Model hörte auf herumzutänzeln, wechselte mit Eloi ein paar Worte. Er strich ihr leicht über die Wange, küsste sie flüchtig und nahm wieder seinen Talk mit einer Brillenträgerin auf, die ihn auf ihren hohen Hacken um gut einen Kopf überragte.

Sichtlich enttäuscht stakste die Schmale zu David, ging vor ihm in die Knie und legte ihre bloßen Arme auf seine Schenkel.

„Oh, Mann – unser Eloi", sagte sie. „Er will mir nichts abgeben, und weißte warum?"

David zuckte die Achseln.

„Er hälts für die dämliche Kuh zurück. Er will sie ficken." Sie schnaubte verächtlich. „Wenigstens einmal, bevor sie für immer nach Sydney abdüst. – Verstehst du eigentlich, was ich sag?"

„Ja", sagte David. Er lächelte. „Verstehe alles."

„Denn is ja gut." Sie rappelte sich kurz auf, um sich dann neben ihn zu setzen. Ihr kurzer Rock rutschte bis zum Schritt hoch. „Wie lange bist du schon hier? Ich mein, in Deutschland, in Hamburg."

„Viele Jahre", log er. Er rückte ein wenig von ihr ab und zwang sich, nicht auf ihre wirklich phantastischen Beine zu schauen.

Sie fragte weiter, wollte wissen, woher er komme und warum er aus seinem Land weg sei. Und David erzählte ihr so knapp wie eben möglich seine teils wahre, teils ausgedachte Geschichte von dem elenden Leben in Guinea-Bissau, der Armut und der Gewalt, den Militärrevolten.

Er erwähnte mit keinem Wort seine Eltern, sprach nur darüber, wie er es geschafft hatte, auf einem Containerschiff versteckt nach Spanien zu fliehen, nach Cadiz. Von dort nach Deutschland, Asylantrag gestellt und eine befristete Aufenthaltserlaubnis erhalten.

Das Mädchen schob nachdenklich die Unterlippe vor.

„Ich kenn einen aus Nigeria", sagte es. „So'n großen, bulligen Typ. Mit dem bin ich mal 'ne Zeitlang rumgezogen – na ja. Ich mein, ihr habt immer geiles Zeug. Wie läuft das eigentlich?"

David versteifte sich augenblicklich. Blacky. Sprach sie von Blacky?

Er trank sein Bier aus, stand auf.

„Ich mach nicht groß was", sagte er.

„Du willst nichts sagen."

„Ich weiß nicht viel, eigentlich gar nichts."

„Kann auch sein." Sie streckte ihm die Hand hin, um sich von der Liege hoch helfen zu lassen. Dann trat sie dicht an ihn heran.

„Janet", sagte sie. „Hast du noch Lust auf 'ne andere Location? Ich hab 'n Wagen."

„Sorry, aber Eloi –" Er sah sich um. Weit hinten am dunklen Himmel zuckte ein Blitz auf.

Eloi stand an der Brüstung der Terrasse, die Brillenträgerin eng an sich gepresst.

„Ich … ich muss mit Eloi reden."

„Das lass mal ab", sagte Janet. „Im Moment jedenfalls. Wir können auch noch bleiben."

Sie trafen auf dem Flur zusammen, nach Stunden. David war halbnackt und schwankte von zu viel Bier. Eloi warf sich wutentbrannt seine Jacke über.

„Scheiße, Scheiße, Scheiße!", fluchte er. „Dieses Miststück hat mich beklaut!"

„Was … wer ?"

„Diese Schlampe! Mann, ich hab mit ihr gepennt und jetzt ist sie weg! Mit der ganzen Kohle!" Er ballte die Hand und schlug einen Haken in die Luft.

„Aber ich krieg sie! Ich schnapp sie mir, bevor sie damit abhauen kann."

„Sie hat … sie hat das Geld?" David starrte ihn fassungslos an.

Eloi fasste ihn an den Schultern.

„Ich weiß, wo ich sie finde, keine Angst. Du bekommst dein Geld, alles klar. Notfalls hau ich meine Alten an. Aber jetzt – ich meld mich, spätestens morgen. Ist das okay?“ Er wartete nicht auf eine Antwort, zog David kurz an sich, drückte ihn und hastete dann zur Tür.

Als sie hinter ihm ins Schloss fiel, pochte es heiß in Davids Schläfen.

Seine Augenlider flatterten.

Ihm war zum Heulen zumute, zum Heulen vor Wut.

So stand er noch da, als Janet aus dem Zimmer kam, sich die Augen rieb und nach ihm rief …

6

Bettina wurde wie jeden Morgen um halb sechs wach. Sie blieb noch einen Moment flach ausgestreckt liegen und lauschte dem Zwitschern der Vögel. Dann schwang sie sich aus dem Bett und absolvierte ihre täglichen Yogaübungen – Ankommen im Sitzen, Rückenrollen, Sonnengruß. Anschließend duschte sie ausgiebig, cremte sich ein und kleidete sich an.

Frische Unterwäsche, ein neues Paar Strümpfe und den hellen Hosenanzug. Sie fühlte sich gut.

Aus dem Zimmer ihres Mannes war nichts zu hören, und auch Eloi schlief offenbar noch. Oder er nächtigte woanders.

Die Party, erinnerte sie sich.

Sie ging nach unten in die Küche, setzte die Espressomaschine in Gang und holte von draußen Abendblatt und FAZ.

In der Nacht hatte es gewittert, jetzt war die Luft frisch und klar, und es sah wieder nach einem sonnigen Tag aus.

Bei einem Dreifachespresso mit einem Spritzer Zitronensaft las sie die Meldungen und Berichte aus Politik und Wirtschaft und löffelte abschließend einen kalorienarmen Joghurt.

Punkt 7.15 Uhr klingelte ihr Chauffeur, und sie ließ sich in der Mercedes Limousine zum Sitz ihres

Unternehmens fahren, einem weltweit tätigen Konsumgüterkonzern.

In ihrem Büro mit Blick über Eimsbüttel zeichnete sie etliche Schriftstücke ab, nahm sich die Halbjahresbilanz vor und notierte, was nachzufragen und zu überprüfen war.

Kurz nach acht erschien ihre Sekretärin und servierte Tee.

Sie diktierte ihr anhand einiger Stichworte den Vortrag über die „Gesellschaftliche Verantwortung deutscher Unternehmer“, den sie am kommenden Dienstag im Körber Forum halten sollte.

Die restlichen Stunden ihres Arbeitstages waren angefüllt mit Telefonaten und Besprechungen. Erst um halb neun abends ließ sie sich in ihre Villa am Leinpfad zurückfahren.

Der Anruf kam auf dem Festnetz, der geheimen Nummer. Klaus schob gerade eine Portion Gyros in die Mikrowelle. Er stellte noch die Aufwärmzeit ein und rief nach Bettina.

„Gehst du dran?“

Sie antwortete nicht, aber er hörte, dass sie von der Couch aufstand. Er hörte das Knirschen des Leders.

Er leerte die Schale Zaziki auf einem der albernen Designer-Teller und kramte Besteck hervor. Das Gyros brauchte noch 1:28 Minuten.

Klaus schaute im Kühlschrank nach einem Bier. Es gab keins mehr.

Es gab nur noch einige Flaschen Weißwein, etliche

Becher Hüttenkäse und eine riesige Menge dieses bescheuerten Senta Berger Joghurts.

Klaus fluchte verhalten. Er verließ die offene Küche, um sich aus der Kühltruhe auf der Gartenterrasse den dort deponierten Wodka zu greifen.

Bettina stand an ihrem antiken Sekretär, hielt das Telefon in der Hand und starrte ins Leere.

„Was ist?“, fragte er. „Einen Termin vergessen?“

Bettina reagierte, als sei er aus der Galaxis hereingeschneit.

„Eloi“, sagte sie.

„Ja? Was ist mit ihm?“

„Er ist gekidnappt worden.“

„Bitte?“

Sie fand zu ihrem üblichen Ton zurück.

„Gekidnappt, entführt“, sagte sie. „Nun starr mich nicht so an. Sie wollen fünf Millionen.“

„Bitte?“, sagte er noch einmal und fingerte nach seinen Zigaretten. Sie bemerkte es.

„Untersteh dich!“, fuhr sie ihn an. „Mein Gott – sie drohen, Eloi umzubringen, wenn ich nicht zahle.“

7

Er sprühte gerade einen weiteren Stapel Geschirr ab, der heiße Wasserdampf brannte in seinen Augen, als Blacky zu ihm in die Küche kam.

Er nickte ihn mit sich auf den Hof, hatte für nichts und niemanden sonst einen Blick.

David wusste, was ihm bevorstand. Er zuckte zu Li hin entschuldigend die Achseln, wischte sich die Hände an der Schürze ab und folgte ihm.

Der muskulöse Nigerianer wartete im Schatten des Müllcontainers. Er trug wie immer die wadenlange Cargohose, Sneakers und eine Militärweste.

„Warum hör ich nichts von dir?“, sagte er. „Warum bist du nicht mehr in deiner Bude? Warum muss ich zu diesen scheiß gelben Rattenfressern? Shit, Mann! Ich brauch die Kohle!“

„Kein Problem“, sagte David, bemüht, sich locker zu geben. Er zupfte an seinem verschwitzten Unterhemd.

Blacky zog einen dünnen Spliff hervor.

„Kein Problem?“, wiederholte er. „Kein Problem? Dann schiebs rüber! Hast du alles vertickt?“ Er entzündete den Spliff und nahm einen tiefen Zug. „Mann, du weißt, wo ich zu finden bin, hast auch meine Nummer, okay?“

„Okay, okay“, sagte David und hob beschwichtigend die Arme. „Ich hab noch was laufen.“

„Mann, wenn du mit deinen Deals nicht klar kommst, kratz weiter den Dreck von den Tellern. Du bist nur drin, weil ich nicht selbst jede Ecke bedienen kann. Vergiss das nicht." Er sog wieder an seinem Spliff. Auf seiner Stirn schimmerte Schweiß. „Was hast du da laufen?"

„Der Typ ist in Ordnung", sagte David.

Er verspürte mit einem Mal, dass es in seinem Magen rumorte. Er glaubte, kacken zu müssen.

Doch es war nicht das.

Es war die Angst, eine scheiß Angst.

Blacky trat dicht an ihn heran, zog die Augenbrauen zusammen.

„In Ordnung? Was soll das heißen? Um wie viel gehts bei diesem scheiß Deal?"

David schluckte. Er wich dem Blick des Nigerianers aus.

„Um 'ne Menge", sagte er dann. „Er kommt morgen. Das ist fest vereinbart. Auf den ist Verlass, ehrlich. Seine Eltern haben ein Vermögen."

Als David zurück in die Küche kam, blieb er unschlüssig an der Spüle stehen und starrte auf den Stapel noch ungewaschenen Geschirrs.

„Ärger?", fragte Li. „Ärger mit Freund?"

David riss sich zusammen.

„Gib mir dein Handy", sagte er. „Bitte. Nur kurz, nur ein Anruf."

Li stellte die Pfanne beiseite und kam zu ihm.

Sie sah ihn besorgt an.

„Du musst mir sagen, wenn du Problem hast", sagte sie. „Ich merke das schon die ganze Zeit."

„Ist nichts, Li, ehrlich."

Er streckte die Hand aus.

Li zog ihr Handy aus der Gesäßtasche.

„Wir schlafen zusammen", betonte sie. „Du musst ehrlich sein zu mir. Sonst nicht gut."

„Li." David schluckte. „Es ist wirklich alles in Ordnung. Ich muss nur jemandem Bescheid sagen." Er nickte bekräftigend und nahm ihr das Handy aus der Hand.

Schnell wandte er sich damit ab und ging nach vorn auf die Gästetoilette.

Er schloss die Kabine hinter sich und schlug sein schmales Notizbuch auf. Eine Karte rutschte heraus – Janet Köhler, Große Brunnenstraße 7, 22763 Hamburg, phon 367129, mail …

Janet.

David seufzte schwer.

Sie hatte ihm die Karte heute morgen bei seinem überstürzten Aufbruch zugesteckt und gesagt, er könne sie jederzeit anrufen oder auch zu ihr kommen.

Er war sich nicht sicher, ob sie es ernst gemeint hatte.

Im Nachhinein war ihm, als sei alles nur ein Traum gewesen – ein wunderschöner und dann furchtbar endender Traum.

Eloi.

Das ihm gestohlene Geld.

Das Koksgeld.

Und Blacky forderte es ein. Machte Druck. Drohte.

David hockte sich auf das Becken und wählte Elois Handynummer.

Die Sprachbox meldete sich.

David schüttelte den Kopf und entschied sich, keine Nachricht zu hinterlassen.

Es war kurz nach zwei Uhr nachts, als David die 75 Euro für seine 13-Stundenschicht ausgezahlt bekam. Er verdrückte sich schnell und machte sich auf den Weg zu Elois Wohnhaus im Leinpfad. Er hoffte, ihn dort abfangen zu können.

Das schien ihm die beste Lösung zu sein.

Die Reeperbahn war noch stark belebt.

David wich den ihm entgegenkommenden Gruppen aus, schlängelte sich an den Döner- und Pizza-Imbissen vorbei, an Sexshops und Spielhallen.

Ständig checkte er ab, ob Streifen unterwegs waren.

Er bog in die Hein-Hoyer-Straße ein und streifte einen vorbeieilenden Mann, hob entschuldigend den Arm und erschrak augenblicklich zutiefst.

Er sah nur für den Bruchteil einer Sekunde das Gesicht des Mannes, der für ihn keinen Blick hatte.

Doch der Moment reichte aus.

Es war der Mann, der ihn auf Gomera des Totschlags, des Mordes an seiner Begleiterin beschuldigt hatte. Vor dem er geflohen war. Vor dem er hatte fliehen müssen …

Hans … Hans Dinklage …

8

Bettina sah kurz auf das Display und steckte ihr Handy wieder ein.

„Du unternimmst nichts!", sagte sie zu Klaus.

Klaus machte eine unentschiedene Geste. Er schwieg.

Bettina ging nach oben. Ihre Augen brannten, waren feucht.

Eloi! Was war mit Eloi passiert? Wer hatte ihn in seiner Gewalt?

Und warum ihn?

Sie schloss die Zimmertür hinter sich, lehnte sich dagegen.

Eloi – mein Gott! Eloi.

Sie bemühte sich, ruhig durchzuatmen, aber es gelang ihr nicht.

Ihr Herz pochte wie verrückt, und in ihren Schläfen verspürte sie einen stechenden Schmerz.

Sie wählte die gespeicherte Nummer.

Hardy meldete sich sofort.

„Entschuldige", sagte sie. „Es ging gerade nicht."

„Dein Mann?"

„Hast du Zeit?"

„Ich wollte dich hören. Wie geht es dir?"

„Es ist etwas Furchtbares passiert. Mein Sohn – Eloi. Eloi ist gekidnappt worden."

„Gekidnappt? Wann? Von wem …?"

„Wir sind angerufen worden, hier zuhause. Um neun, kurz nach neun. Ich hatte Eloi kurz am Apparat. Glaub ihnen – mehr hat er nicht sagen können. Dann war ein Mann dran. Er will fünf Millionen."

„Oha – und das ... das ist kein Scherz?"

„Es klang wie abgelesen. Fünf Millionen. Morgen Abend. In Fünfzigern, Hundertern und Zweihundertern. Keine Tricks, keine Polizei. – Er meldet sich wieder zur Übergabe."

„Hm", machte Hardy, und sie hörte im Hintergrund trippelnde Schritte.

„Wo bist du?", fragte sie.

„Im Hotel. In Zürich. In der Lobby. Das weißt du doch ..."

„Ja, ja ..."

„Bettina, das ist ... ich weiß nicht, was ich sagen soll. Das ist offenbar ernst. Was wirst du tun?"

Bettina ging zum Fenster, sah hinaus. Sie sah auf die Alster, sah zu den Häusern auf der anderen Seite. Ein Fahrradfahrer fuhr vorbei.

„Ich muss sehen, wie ich so kurzfristig fünf Millionen auftreibe", sagte sie.

„Du willst zahlen?"

„Ja, was denn sonst ...?"

„Und die Polizei ... ?"

„Ich habe es nicht gemeldet, und ich werde es auch nicht tun."

Einen Moment lang kam keine Reaktion, blieb es still. Dann ein Räuspern, ein Hüsteln.

„Hältst du das für klug?"

„Ich will kein Risiko eingehen", sagte sie. Sie wischte sich über die Augen. „Hardy, ich … ich habe schon meine Tochter verloren, mir ist nur noch Eloi geblieben …"

Klaus goss sich auf der Terrasse ein großes Glas Wodka ein. Er nahm einen Schluck und gleich noch einen zweiten.

Sehr gut. Verdammt gut.

Ja, Scheiße!

Er fluchte, fingerte nach seinen Zigaretten.

Was war das nur für eine Riesenscheiße!

Er zündete sich die Zigarette an, rauchte und leerte das Glas. Für einen Moment gab er sich der Illusion hin, dass es gut und gerne so weitergehen könne. Rauchen, trinken und – ja, und warten.

Warten bis dieser gottverdammte Wichser sich wieder meldete. Morgen. Irgendwann im Laufe des Tages. Und ihm dann – ja, was dann? Ihm die Hölle heiß machen? Ihm drohen?

Lachhaft. Das war ein Profi, und er war zweifellos nicht allein.

Das waren abgebrühte Profis. Aber was waren das für Typen und wie hatten sie es geschafft, Eloi in ihre Gewalt zu bekommen?

Und wo war das passiert?

Fünf Millionen! Verfluchte Scheiße!

Und man konnte nur warten – Herrgott noch mal!

Klaus schenkte sich neu ein, bis zum Rand.

Und als der Wodka wieder durch seine Kehle brannte, glaubte er, vielleicht doch etwas unternehmen zu können.

Er rauchte seine Zigarette zu Ende, ging leicht schwankend zurück in den Wohnraum und horchte angestrengt nach oben …

Bettina fand keine Ruhe. Das Telefonat mit Hardy hatte ihr außer ein paar tröstenden Worten nichts gebracht. Was hätte er auch sagen sollen? Er wollte auf dem Laufenden gehalten werden, hatte beteuert, in Gedanken bei ihr zu sein. Umarmte sie aus der Ferne – sei stark, du schaffst das schon.

Sie legte sich aufs Bett und richtete sich gleich wieder auf. Ihr Rücken schmerzte, ihr Magen verkrampfte sich und ihr Mund war trocken.

Sie ging ins Bad, nahm zwei Aspirin, trank Wasser und kramte schließlich aus der Nachttischschublade die angebrochene Zigarilloschachtel hervor. Am offenen Fenster rauchte sie ein paar Züge.

Doch ihre Unruhe, ihre Verzweiflung verstärkten sich nur noch.

Sie sah auf die Uhr und glaubte, die Zeit sei stehen geblieben.

Urplötzlich rannen ihr Tränen über die Wangen.

Sie presste die Lippen fest aufeinander, um nicht laut zu schluchzen, aufzuschreien vor Verzweiflung und Schmerz.

Später, im Morgengrauen, ging sie noch einmal in Elois Zimmer.

Sie setzte sich an seinen ordentlich aufgeräumten Schreibtisch und schaltete sein iBook ein.

Nie zuvor hatte sie das getan. Aber jetzt – jetzt hoffte sie, doch noch irgendetwas zu entdecken. Einen Hinweis auf ihr unbekannte Freunde, auf irgendwelche Kontakte.

Es gab mehrere Ordner.

Deutsch, Geschichte, Politik, Leistungskurse, Abi, Verschiedenes, Mails und ein mit pp gekennzeichnetes Dokument.

Sie öffnete die gespeicherten Mails und sah sie durch.

Es waren fast ausschließlich Infos von Schulfreunden, deren Namen ihr weitgehend geläufig waren, zwei, drei Zeilen, sich dieses oder jenes YouTube-Video anzusehen. Von Janet gab es die meisten Mails.

In ihrer letzten, vor sieben Stunden gesendet, schrieb sie, dass sie sich frage, ob er wirklich noch Lust habe, mit ihr zu verreisen: – du hast mich auf der fete scheiß cool abgefertigt – aber okay, ich hab meinen frust bei deinem kumpel abreagiert – wir sind also quitt – trotzdem bleibt irgendwie hängen, dass ich dir wohl nicht mehr ganz so viel bedeute – sag mal was dazu, bevor ich mich weiter in die vorstellung reinsteigere, eine geile Sonne-Strand-Badezeit mit dir zu haben.

Verreisen. Mit Janet verreisen.

Davon hatte Eloi ihr nichts erzählt.

Bettina verspürte Enttäuschung. Ärger.

Eloi musste ihr gegenüber nichts verheimlichen.

Warum tat er das?

Das war lächerlich, einfach kindisch. Er hatte immer alle Freiheiten gehabt, in jeder Hinsicht.

Sie nagte an ihrer Unterlippe, klickte die Mail weg.

Vielleicht – vielleicht, beruhigte sie sich dann, war diese Reise aber auch nur eine seiner spontan geäußerten Ideen gewesen und stand für ihn schon längst nicht mehr zur Debatte. Das passte eher zu ihm.

Trotzdem hätte sie gerne gewusst, von welchem Sonne-Strand-Badezeit-Ziel bei den beiden die Rede gewesen war.

Die Antwort fand sie, als sie das pp-Dokument öffnete, persönlich-privat …

Klaus war schon in der Küche. Er hatte sich geduscht und rasiert, sein lange nicht mehr geschnittener Haarkranz war noch feucht.

Bettina wischte ihm einen Rest Rasierschaum vom Ohrläppchen. Er sah sie verwundert an.

„Oh – danke“, sagte er. „Hast du schlafen können?“

Sie verneinte, betätigte die Espressomaschine.

„Ich auch nicht.“ Er trank einen großen Schluck Milch aus der Tüte. „Und? Was machen wir jetzt?“

Bettina nahm ihre Tasse.

„Hat Eloi mit dir mal über irgendwelche Ferienpläne gesprochen?“, fragte sie.

„Er wollte doch gleich Anfang September nach London, sein Praktikum machen.“

„Er hat sich für Gomera interessiert.“

„Er hat was …?“

„Er hat sich sämtliche Seiten der Ferienanlage heruntergeladen, auch die Geschichte der Hazienda – Pavels Jahre."

„Das ist … Scheiße!" Klaus zog impulsiv seine Zigaretten hervor, stoppte sich.

„Rauch ruhig", sagte Bettina. „Ich hab bei ihm geschnüffelt. Ich kam mir dabei ziemlich mies vor."

„Gomera." Klaus schüttelte den Kopf.

Bettina setzte sich auf den hohen Hocker, nippte an dem Espresso.

„Vielleicht war es ja auch Janets Idee. Du weißt, diese Hübsche. Ich habs in ihrer Mail gelesen. Wie auch immer – momentan steht es ja ohnehin nicht an."

Klaus schüttelte den Kopf.

Er klickte sein Zippo auf, nahm einen tiefen Zug.

„Gomera", wiederholte er und suchte Bettinas Blick.

Sie zuckte die Achseln.

„Es war falsch von uns – nein, es ist allein meine Schuld", korrigierte sie sich. „Es war naiv und dumm. Ich hätte es ihm längst sagen müssen, alles über diese Zeit, über meine Vergangenheit. Es war illusorisch, zu glauben, dass es nie herauskommen würde. – Bernd wird auf der Website der Anlage genannt – offenbar ist er jetzt Leiter des geschäftsführenden Teams …"

9

Bettina ... Fünf Monate nach ihrem 30. Geburtstag verließ Bettina in San Sebastian die von Los Christianos, Teneriffa, eingetroffene Fähre.

Sie hatte ihre zehnjährige Tochter Myriam an der Hand, in der anderen trug sie einen mit bunten Steinen besetzten Beutel, den sie auf dem Amsterdamer Markt im Quartier Latin erstanden hatte.

Ihr früherer Mitschüler Bernd schleppte ihre Reisetasche und einen Rucksack.

Die Drei gingen zum Kai, wo sie von zwei kräftigen jungen Männern, die lediglich mit schwarzen Badehosen bekleidet waren, erwartet wurden.

Sie nahmen ihnen das Gepäck ab und halfen ihnen auf ein nicht sehr Vertrauen erweckendes Motorboot.

Die Überfahrt zur Bucht im Südosten der Insel dauerte knapp dreißig Minuten.

Die Tragödie begann. Aber das wusste Bettina noch nicht.

„... ich plärrte, machte laute Ausdrücke von Angst, Spannung, Wut und Verzweiflung. Brust und Hals schnürten sich zusammen, ich hörte meine Stimme von weit her kreischen, ich schrie, ich schrie: Ich brauche dich nicht, Mama, ich brauche dich nicht." Die

Frau mit dem halblangen rostroten Haar schlug ihre Beine unter und reckte ihren nackten Oberkörper.

Der neben ihr sitzende Pavel, ein schon älterer Mann mit struppigem Vollbart und buschigen Augenbrauen, nickte zustimmend.

„Ich brauche dich nicht, schrie ich, und gleichzeitig spürte ich, wie ich sie brauchte, ihr aber nicht verzeihen konnte. Ich schrie wie ein verzweifeltes Baby, kriegte, völlig allein gelassen, Panik, eine solche Panik, dass es mich fast zerriss. Ich kotzte, und die Scheiße lief mir an den Beinen runter. Ich kotzte und schiss die ganze Mutterablehnung heraus. Ich wälzte mich in meiner Kotze und in meiner Scheiße, und ich schrie abwechselnd zwischen positivem Liebesbedürfnis und Wut. Ich baute die Wut aus, bis ich merkte, dass ich in Wirklichkeit meine Mutter liebte, und dass ich sie brauchte, mich vor Angst aber, abgelehnt zu werden, mit Wut absicherte."

Sie sah Pavel an, und Pavel ließ seinen Blick über die im Halbkreis hockende Gruppe gleiten, etwa dreißig Personen waren es, mehr Frauen als Männer und einige zehn-, zwölfjährige Mädchen und Jungen.

Myriam hatte ihren Kopf an Bettinas Brust geschmiegt.

Bettina strich ihr sanft über die Wange.

Bernd starrte fasziniert auf die junge Frau. Sie hatte ein ebenmäßig geschnittenes Gesicht und einen sinnlichen Mund.

„Red weiter, Sara", sagte Pavel, und sie drückte ihr Kreuz durch, holte tief Luft.

„Mir wurde klar“, sagte sie dann, „dass ich es endlich wagen musste, das gefährliche Neuland, meine Mutter, zu betreten und zu erforschen. Meine Mutter war das Leben – kann ich sie nicht lieben, so lehne ich auch mich ab und das Leben. Ich ließ die heiße Muttersehnsucht zu, streckte mich nach ihr und schrie mit voller Kraft – Mama! Mama! Ich wurde ängstlich und dann wieder laut, ich wurde geil, schmachtete und lechzte nach der Mama – Mama, Mama! Ich wühlte mich tief in ihr Fleisch, versoff fast darin und es kam mir, es floss in Strömen aus mir heraus und ich keuchte vor Lust – endlich glücklich, endlich bereit, mich ohne Angst hingeben zu können.“

Sie legte den Kopf weit zurück in den Nacken und jubelte befreit, mit weit ausgestreckten Armen.

Alle klatschten, riefen Bravo und Supi.

Supi! Supi! Supi!

Einige umarmten und küssten sich, klammerten sich aneinander.

Pavel stand auf und half Sara, sich ebenfalls zu erheben.

„So ists recht, Sara“, sagte er. „Du bist auf dem richtigen Weg. Wir wollens feiern. Nehmt die Trommeln zur Hand …“

Bettina saß Pavel in seinem noch nicht vollständig ausgebauten Malatelier gegenüber, inzwischen wie alle anderen Frauen auf dem Gelände nur mit einem Bikinihöschen bekleidet.

Es war die Zeit der Mittagsruhe, und Pavel sog

genüsslich schmatzend an der Wasserpfeife. Er trug einen weißen Kaftan mit dem v-förmigen, blutrot gefärbten Ausschnitt. In seinem Bart klebten Saftschlieren.

„Mich freuts", sagte er. „Mich freuts sehr, dass du zu uns gefunden hast, Bettina – ja? Ja, und dass du uns beim Aufbau der Hazienda unterstützen wirst, das freut mich über alle Maße. Aber jetzt erzähl erst einmal von deinem Maderl, der … der Myriam, ja? Wie bist an sie gekommen, wer ist ihr Erzeuger?"

„Ein Holländer", sagte Bettina. „Er macht Musik, spielt in einer Band. Sie sind inzwischen ziemlich bekannt. Zuletzt hat er mir aus Detroit geschrieben."

„Und? Wie hast ihn kennen gelernt, den …?" Er schnippte mit den Fingern.

„Wilm – Wilhelm, Wilhelm van de Hardt. – Ach, ich hatte gerade das Abi und bin mit einem Freund, einem Schulfreund, nach Amsterdam. Da spielte Kraftwerk im Paradiso, wir sind extra wegen denen hingefahren, ich fand die toll. Na ja, und Wilm stand neben mir vorn an der Bühne, hat mir was zu rauchen gegeben und mich später abgeschleppt. In der Nacht ist es dann auch passiert."

„Red, red. Red weiter", forderte Pavel sie auf. „Erzähl, wies mit ihm war."

„Ich war voll bedröhnt", sagte Bettina. „Ich glaub, wir haben zig Tage nur im Bett verbracht. Klaus, der Schulfreund, war jedenfalls total sauer. Er ist dann auch ohne mich zurückgefahren."

„Und? Bist länger bei dem Wilm geblieben?"

Bettina nickte. Sie saß hart und unbequem.

„Acht Jahre", sagte sie. „Aber dann ging es nicht mehr. Wilm war nur noch unterwegs, ständig auf Tour."

Pavel nickte.

Er schmauchte ein paar Züge, lächelte dann versonnen.

„Und da hast dich natürlich schlecht gefühlt", sagte er. „Ja, ja – ich versteh schon. Allein gelassen mit dem kleinen Maderl, da glaubst, der Himmel stürzt ein." Er winkte Bettina zu sich heran. „Komm her, komm her zu mir. Lass mich deinen Puls fühlen. Ich will spüren, was er mir verrät."

Danach – danach lief sie zum Ende der Mole und stürzte sich kopfüber in die Fluten, tauchte tief und lange, bis ihre Lunge zu zerreißen drohte.

In den nächsten Tagen gewöhnte sie sich an, schon früh um halb sechs aufzustehen. Sie schwamm bei jedem Wellengang im Meer, meditierte anschließend und machte sich dann in der Gemeinschaftsküche einen Kaffee.

Sara war meist ebenso zeitig auf wie sie.

Sie freundete sich mit ihr an. Sie hatten sich viel zu erzählen. Auch Sara war einzige Tochter reicher Eltern.

Vormittags arbeiteten alle an den verfallenen Häusern und auf den Feldern. Mittags aßen sie gemeinsam.

Nur Pavel blieb im Herrenhaus.

Dort besprach er mit einigen Auserwählten die Finanzen, gab Anweisungen für weitere Warentermingeschäfte und Transaktionen und wertete mit ihnen die Protokolle der abendlichen Selbstdarstellungen und Aktionsanalysen aus.

Er legte auch fest, wer sich sexuell noch mehr befreien müsse …

„… die Kleinfamilie basiert auf der Zweierbeziehung und eingeschränkter Sexualität. Die Zweierbeziehung widerspricht den sexuellen Bedürfnissen des menschlichen Körpers. Die Zweierbeziehung widerspricht dem kommunikativen, sozialen Zusammenleben in der Gruppe.

Es ist offensichtlich, dass die Zweierbeziehung nicht zur Befriedigung der sexuellen Bedürfnisse der Partner erfunden wurde, sondern vor allem der Sicherung der in der Kleinfamiliengesellschaft bestehenden Besitzverhältnisse dient.

Die Zweierbeziehung übt auf den, der in ihr lebt, eine domestizierende Wirkung aus. Er wird zum Haustier und wartet darauf, vor einen Pflug gespannt zu werden. Er ist nützlich und lässt sich für alles gebrauchen und auch missbrauchen.

Dem Zweierbeziehungsmenschen verdanken wir Krieg, Massaker und Folterungen, Rudi Carrells Tagesschau, Boris Becker und Günter Bosch, den FC Lokomotive Leipzig, Mord, Raub und Plünderungen, die Erdbeben in Kolumbien und Ecuador, Gefängnisse,

Irrenhäuser, Soldaten, Richter und Friseure, die Neujahrsansprache Ronald Reagans auf Radio Moskau, den Tod von Gustav Knuth und Bernhard Grzimek, Huren, Bordelle, die Stechfliege und die Wanze, Läuse, Geschlechtskranke, Mathias Rusts Cessna-Flug und seine Landung auf dem Roten Platz, Krebs, Magengeschwüre, Madonnas La isla bonita, den Eastcoast Hip–Hop, die Bestätigung der Koalition aus CDU/CSU und FDP unter Helmut Kohl, Gartenzäune, Grenzen, Tschernobyl und unser Exil auf Gomera …"

Der Morgen graute schon, als Bernd sich zu Bettina in das immer noch nicht vollständig ausgebaute Haus am Brunnen schlich.

Er streckte sich neben ihr auf der Matratze aus.

„Ich bin hier so was wie der letzte Arsch", flüsterte er. „Ich hab mit so einer Tante aus Würzburg vögeln müssen und dabei nur an dich gedacht. Es war eine Riesenscheiße. Ich werd den Pavel noch umbringen müssen."

„Du spinnst."

„Ich mein es ernst. Er greift sich jede Frau, und in unsereins wütet das Gift. Wie oft hat er dich gepudert, wie ers nennt?"

„Schlaf jetzt. – Lass mich schlafen."

„Scheiße. Ich halt das nicht mehr aus. Ich schlitz ihn auf, ehrlich, und werf der Gruppe seine scheiß Gedärme zum Fraß hin. Dann bin ich hier der King, und wir schaffen uns unser eigenes Paradies. Das wollten wir doch."

„Sei ruhig. Du weckst noch Myriam.“

„Mit mir hast du schon seit Tagen nicht mehr gevögelt. Hier – fass mich an, mir steht er noch. Bei der Alten konnt ich nicht abspritzen, so, wie sie dalag, die träge Kuh.“

„Noch ein Wort und du verschwindest gleich wieder. Ich hab anderes im Kopf.“

Sara zeigte ihr heimlich, wie der Computer im Herrenhaus funktionierte und was an Programmen gespeichert war. Nach und nach bekam Bettina Einblick in die diversen Konten. Von wo Geld einging und wohin es floss. Pavel hatte nicht nur die Hazienda mit der Plantage gekauft, sondern auch Grundstücke und Häuser in San Sebastian. Er verfügte zudem über Aktien im Wert von über einer Million.

Bettina war von all dem fasziniert.

Pavel war ein überaus cleverer Geschäftsmann.

Monat für Monat verging.

„Muss ich denn nie mehr zur Schule?“, fragte Myriam, als sie eines Abends mit Bernd und ihr vor dem Haus am Tisch saßen und den Fisch verzehrten, den Bernd gefangen hatte. Er hatte ihn über dem offenen Feuer gegrillt, hatte heimlich Tomaten, Brot und eine Tasse mit Olivenöl organisiert, auch eine Handvoll Salz eingesteckt. Sie hatten gewartet, bis die anderen unten im Bananenhaus zu ihren abendlichen Gesängen und Trommeln zusammengekommen waren.

„Gefällt dir mein Unterricht nicht?", fragte Bernd zurück. „In Spanisch wirst du perfekt sein, und richtig rechnen wirst du auch noch lernen – das können sie hier, deine Mutter ohnehin. Das hat sie schon rein familiär in den Genen."

„Red keinen Unsinn."

„Wieso? Bei dem Vater. Der hats doch mit seinem simplen Kosmetikscheiß zu einem Riesenunternehmen gebracht."

„Davon hast du echt keine Ahnung."

„Mama?"

„Ja …?"

„Ich will aber wieder in eine richtige Klasse."

„Das wirst du auch. Du bist hier ja nicht das einzige Kind …"

„Ich bin kein Kind mehr, ich werd bald elf. Nur der Bernd tut, als sei ich eben erst eingeschult." Myriam blickte sie trotzig an. „Außerdem riecht er schlecht aus dem Mund. Das ist eklig."

Bernd pulte eine Gräte zwischen seinen Zähnen hervor.

„Dann soll mir deine Mutter was von ihrer Zahnpasta abgeben. Sie selbst hats ja immer noch mit dem Privatbesitz."

„Weißt du was?", sagte sie. „Pack deinen scheiß Fisch zusammen und geh die Ziegen ficken. – Und du, Myriam, nerv jetzt nicht weiter mit irgendeiner blöden Schule, die gehören sowieso allesamt angezündet. Staubtrocken genug sind sie ja und unnütz allemal."

Später, Myriam war schluchzend auf dem Matratzenlager eingeschlafen, ging sie den schmalen Pfad hinunter und wartete auf Sara, die irgendwann aus einem der Häuser auftauchen würde. In ihrer Nähe fühlte sie sich am wohlsten.

Bernd betrat den Kreis und blickte in die Runde. Die Gruppe hockte auf den blanken Bohlen des Bananenhauses, ein fetter Joint kreiste.

„Ich bin arg verspannt", begann Bernd. „Ich fühle mich wieder wie in einem Panzer. Ich dachte, ich hätt ihn längst gesprengt, schon in Hamburg, wo ich zum ersten Mal im Kreis stand und gewürgt und gekotzt habe.

Damals wars der Schwanz meines Vaters, der in meiner Kehle steckte, und ich hab geschrien und gestöhnt, bis ich die Wut und die Kraft hatte, die Zähne in dieses eklige Stück Schwanz zu schlagen und ihn abzubeißen."

„Ja, ja, das hast du!", rief ihm eine der Frauen zu, erhob sich und ging zu dem an der Wand stehenden Klavier. Sie schlug einen Akkord an.

„Ich hab dann schließlich gelacht und war super drauf."

„Supi!" – „Supi!" – „Supi!"

„Oh, Baby", sang die Frau am Klavier. „Oh, Berni Baby, ja, das war gut, dir allein gehört der Mama Fut."

„Scheiße, nein!", überschrie Bernd sie. „Die Mama hat mich jetzt verdammt noch mal zum Monster Papa werden lassen, ich hab ihn wieder voll in mir, von seinem Spitzkopf mit dem schiefen Maul an bis hin zu seinen stinkigen Füßen hat sie ihn mir reingestopft! Und sie hat sich mein Schwesterchen vor die Möse geklemmt – da, seht sie euch an!" Er zeigte anklagend auf Bettina. „Selbst wenn sie die Kleine nicht unter ihren Fittichen hat, hält sie die Hand davor!" Er hüpfte auf einem Bein zu Bettina. „Einen noch schlimmeren Panzer hast du mir verpasst, du Mutterkuh, du! – Warum darf ich die Myriam nicht gern haben? Warum stachelst du sie auf, dass das hier ihr Vaterschwanz ist?!" Er strampelte seine Unterhose ab, präsentierte ihr seinen stark erigierten Penis.

Bettina sprang auf.

„Du bist ja völlig verrückt! – Er spinnt, er spinnt total! Er hat zu viel geraucht!"

„Schwester." Eine stark übergewichtige, blasse Frau kam ebenfalls auf die Beine. Sie drückte Bettina an sich. „Der Bernd kämpft sich doch nur wieder frei, das ist supi."

Die Frau am Klavier hämmerte jetzt wild auf die Tasten und forderte lauthals zum Mitsingen auf.

„Der Berni wühlt sich durch den Bürgerscheiß, es ist ihm kalt, gleich wird ihm heiß … noch ist ihm kalt, gleich wird ihm heiß …!"

Bettina stieß die fette Frau von sich, sprang Bernd an.

Er fiel mit ihr zu Boden.

Sie war über ihm, griff unartikuliert schreiend nach seinem Schwanz, presste und drückte ihn so hart und schmerzhaft, dass seine Stimme brach, er nur noch wimmerte, während alle anderen rhythmisch zu klatschen begannen …

„Auf den Hof in Österreich ist einmal eine Mutter gekommen", hob Pavel an. „Eine um ihre Tochter besorgte Mutter. Ich glaub, sie war aus Bremen oder aus Hamburg, ein ganz bürgerliches Wichtelweibchen jedenfalls." Er reckte das Kinn vor, spitzte die Lippen. „Herr Pavel, Herr Pavel, hat sie geflötet, jetzt sagen Sie mir bitte, warum soll einer Menschen leiten, wo doch jeder für sich ein vollkommener Mensch ist, wie Sie selbst schreiben? – Ich hab ein wenig geschnauft und die Augen verdreht. Gnädige Frau, hab ich gesagt, das will ich Ihnen beantworten: Weil ich es sehr gut kann, und ich möchte den kennen lernen, der es auch so gut macht wie ich."

Seine momentane Lieblingsfrau nickte zustimmend. Sara wechselte mit Bettina einen leicht genervten Blick.

„Ich habe Pädagogik studiert", fuhr Pavel fort. „Ich bin Mittelschullehrer für Deutsch und Geschichte von Beruf, ich habe auch Kunst und Psychologie studiert. Ich bin hochgebildet. Meine Späße sind auch nicht so einfach." Er kicherte und verfiel in einen Singsang. „Ich kann Musik machen und anregen, kann malen, leiten und viel bewegen. – Ich bin ungemein vielseitig, gnädige Frau, gerade für diese Gesellschaft. Ich bin ein genialer Erzieher. Und Ihre Tochter, Verehrteste, war mir auch eine Erziehungsaufgabe. Sie können mit ihr glücklich sein, ich habe ihr den letzten Feinschliff gegeben, der noch gefehlt hat. – Sie war ein nettes

Dummerl." Er linste die halbnackten Frauen über die Ränder der blau getönten John Lennon Brille an.

Sie saßen im Yogasitz vor ihm auf der Matte. Bettinas und Saras Knie berührten sich.

„Ein nettes Dummerl", wiederholte Pavel. „Ich hab sie nur einmal ordentlich gepudert, danach wars frei und hats getrieben wie keine andere. – Ich bin halt mächtig beieinander, hab eine starke Ausstrahlung, und ihr Weiberl, ich will euch sagen, was mein Plan ist. Mein Plan ist, dass hier zigtausend Kinder sind, und die Erwachsenen verzichten aufs Glück und schaffen nur noch das Geld heran, damit man die Hazienda weiter ausbauen und unsere Gemeinschaft festigen kann. Du dienst nur noch einer Sache – dem Projekt Dritte Generation. Die Kinder der Dritten Generation, die besser sind, als alle miteinander. Menschen, die überhaupt noch nie da waren. Für so etwas zu arbeiten, ist ein einzigartiger Glücksfall, habts ihr verstanden …?"

In einer Nacht Ende November tappte Bettina wie so oft zu ihrem Haus hoch. Es war Vollmond und die das weitläufige Gelände umschließenden Berge zeichneten sich dunkel vom Sternenhimmel ab.

Angenehm bedröhnt ließ sie sich auf das Matratzenlager fallen und stellte verwundert, aber auch erschrocken fest, dass Myriam verschwunden war …

10

David wachte von einem schmerzhaften Picken an seinem Fuß auf, schreckte hoch. Zwei fette Tauben machten sich an ihm zu schaffen.

Er trat nach ihnen. Sie hüpften nur ein wenig weiter weg.

David kam auf die Beine. Er klatschte in die Hände. Ohne Erfolg.

Er gab es auf, sah sich um.

Er wusste nicht mehr, wann er hinter diesem Gebüsch an der Alster eingeschlafen war, völlig erschöpft. Total fertig.

Er erinnerte nur einige Traumfetzen … der Aufstieg zum Bergplateau auf Gomera … Dunst verschleierte den Horizont, Wasser und Himmel flossen ineinander … der in die Tiefe stürzende Körper der Frau … kräftige Hände, die ihn aus der Holzkiste zerrten … fremde Gesichter … die engen Gassen der Hafenstadt … der Van … die blonde Frau … Tankstellen und eine endlose Autobahn … Regen, Regen und … die Fratze des Mannes … seine drohend erhobene Faust …

Hans … Hans Dinklage …

David schüttelte sich, wischte sich über die Augen.

Er hatte geglaubt, diesem Mann nie wieder zu begegnen, ihn nie wieder sehen zu müssen. Doch jetzt … jetzt war er zweifellos hier, war in Hamburg.

Es half nichts, dass er sich erneut einredete, er sei nur zu Besuch, sei nur kurzfristig in der Stadt, und es sei ein Zufall, ihm über den Weg gelaufen zu sein.

Der winzige Moment des Erkennens hatte ausgereicht, ihn nachhaltig zu beunruhigen. Er hatte Angst.

Angst, doch noch gefasst zu werden.

Entdeckt, abgegriffen, in Haft genommen.

Oder gleich abgeschoben, zurück nach Guinea.

In das Chaos. In den Hass.

Erschossen oder auf offener Straße zu Tode geprügelt.

Abgefackelt.

Als irgendwer auf irgendwelcher Seite.

David blinzelte in das helle Licht des Morgens.

Gegenüber auf der anderen Straßenseite die zweigeschossige Villa.

Elois Elternhaus.

Ein Fenster auf der ersten Etage stand auf Kipp. Alle anderen waren geschlossen, die Vorhänge zugezogen. Vor der Haustür lagen Zeitungen.

Von der Streekbrücke her trabte ein Jogger heran.

David duckte sich. Er sah noch, dass ein gut gekleideter Mann aus dem Nachbarhaus kam und auf einen der entlang der Straße parkenden Wagen zuging.

David zuckte zusammen, glaubte für Sekunden ihn zu erblicken – diesen Hans.

Doch er war es nicht, ähnelte ihm nur. Hatte die Statur und den Gang dieses Begleiters der reichen, armen Frau. Die er ausgenutzt hatte. Die ihm teure Reisen bezahlt und ihm auch noch Geld zugesteckt hatte.

Elisabeth. Lizzy … ich halt ihn aus, meinen feinen Begleiter …

Und der, der hatte sie geschlagen, hatte Schuld an ihrem Sturz in die Tiefe.

An ihrem Tod. An ihrem Tod und an seiner Vertreibung. David presste die Lippen aufeinander, ballte die Hände zu Fäusten.

Doch er war sich seiner Ohnmacht bewusst.

Der Mann stieg in einen schwarzen Hummer, startete und fuhr los. Aus dem heruntergelassenen Seitenfenster war der Song zu hören, zu dem auf der Party Janet getanzt hatte, der Reggae. Ein Hit der Saison, überall gespielt.

David wartete, bis der Jogger vorbeigelaufen war.

Fünf, zehn Minuten vergingen, in denen er versuchte, jetzt nur noch an Eloi zu denken. Wann er auftauchen würde, ob er ihn überhaupt hier abfangen konnte. Ob er nicht ganz woanders war.

Die Zeit dehnte sich.

Dann endlich klappte die Garagentür hoch und ein Sportwagen mit offenem Verdeck fuhr heraus, am Steuer eine Frau mit Kopftuch und Sonnenbrille. Elois Mutter?

Gleich darauf erschien in der Haustür ein dicklicher Mann, der dem auf die Straße einbiegenden Wagen nachwinkte.

Er nahm die Zeitungen, blieb vor der Tür stehen und wartete bis der Wagen auf der Brücke war. Er zündete sich eine Zigarette an.

Wie aus dem Nichts eilte ein Mann in Lederjacke

und Jeans zu ihm, grüßte ihn mit Handschlag und verschwand mit ihm im Haus.

David wusste nicht, was er jetzt tun sollte …

11

„Kaffee?", fragte Klaus.

Mike sah sich in der offenen Küche um, nickte. Nickte anerkennend.

„Wohin ist Bettina?"

„Sie versucht, das Geld flüssig zu machen."

„In der Firma?"

Klaus wartete, bis die Kaffeetasse gefüllt war, reichte sie Mike.

„Sie will kein Aufsehen, keine unangenehmen Fragen beantworten müssen. Sie fährt zu ihrer Tante. Nach Mölln. Wenn du mich fragst, reine Zeitverschwendung. Die Alte wird keinen Cent rausrücken."

„Hätte sie denn die Millionen?"

„Hat sie", sagte Klaus. „Und sie käme auch ohne Probleme dran. Ihr Mann ist Banker, ihr dritter Mann. Eigentlich 'n ganz vernünftiger Mensch. Aber sie liegt seit damals mit Bettina quer."

„Du meinst, ihre wilde Phase?" Mike rührte Zucker in den Kaffee, nippte daran.

„Vor allem, dass ihr alter Herr sie dann doch mit offenen Armen aufgenommen hat, als wieder einmal ledige Mutter. Eine Zumutung. – Ach, komm, das weißt du doch alles." Er griff nach seinen Zigaretten. „Hast du dir überlegt, was wir tun können?"

„Wenn sie das Geld nicht zusammenkriegt …"

„Das wird sie. Letztlich eben doch von unserer Hausbank."

„Okay", sagte Mike. „Okay. Dann gehts um die Übergabe."

Klaus zündete sich eine an, inhalierte hastig.

„Ich will sie das nicht allein durchziehen lassen", sagte er.

„Und du willst ihr nicht sagen, dass du mich informiert hast."

„Mein Gott, ich …"

„Ich frag ja nur. Weil – egal, wies läuft, Klaus. Sie wirds so oder so erfahren. Und das hast du dann an der Backe."

„Darüber mach ich mir jetzt keine Gedanken. Wenn wir Eloi zurück haben, ist alles andere vergessen."

Mike wiegte den Kopf.

„Wie du meinst", sagte er. „Gehen wirs mal realistisch an. Vorausgesetzt, die fünf Millionen sind beschafft. Wann soll der Anruf kommen?"

„Irgendwann heute Nachmittag."

„Gut. Und Bettina wird am Apparat sein. Kann man das Gespräch mithören?"

„Nein", sagte Klaus. „Dummerweise nicht. Ich denke …"

Mike stoppte ihn.

„Okay", sagte er. Er griff in die Tasche und zog sein Handy hervor, reichte es Klaus. „Schieb ihr das unter. Das kann ich orten, wenn sie dann irgendwohin beordert wird. Ich hab noch 'n zweites im Wagen." Er gab ihm die Nummer.

12

Mike ... Sie hingen bei Bobby Reich ab und sahen auf die Alster. Es war ein angenehm warmer Sommertag und nur ein leichter Wind wehte. Die Segelboote dümpelten ruhig dahin.

Klaus hob sein Bierglas.

„Noch mal", sagte er.

„Auf was?", fragte Bernd.

„Dass wir das Abi in der Tasche haben. – Penne ade."

Mike stieß mit Klaus an, und auch Bernd ließ sein Glas klingen.

Sie tranken.

„Und? Wann gehts los?", wandte sich Mike an Klaus.

„Morgen. Morgen früh. Ich will mir 'n paar Tage Zeit lassen für die Zimmersuche. Soll allerdings da im Pott nicht sonderlich schwierig sein. Bettina kommt dann irgendwann."

„Will sie etwa auch in Bochum studieren?"

„Wird man sehen. Nach England will sie jedenfalls nicht."

„Bochum." Bernd schnaubte abfällig. „Das ist doch das Letzte."

„Nicht für Informatik."

„Ich mein, für Bettina. So blind kann keine Liebe sein."

„Von Liebe weißt du doch Null“, sagte Klaus. „Außerdem …“

„Ich sülz nicht ständig davon.“

„Ja, ja“, mischte Mike sich ein. „Bevor ihr euch jetzt zofft, ’ne einfache Frage: Nehmen wir noch ’ne Runde, und wer zahlt?“

„Das sind zwei“, sagte Bernd. „Zwei Fragen.“

„Mein Deckel“, sagte Klaus. „Und außerdem, Berni, bist du meines Erachtens für jede Beziehung viel zu schräg drauf, ehrlich.“

Als Bernd sich zu Mike in den alten Ford mühte, war er noch immer stinkig. Total stinkig und auch schon breit.

„Arschloch“, nuschelte er. „Der soll … ich sag dir, der soll ma besser die Schnauze halten. Seine Bettina … ey, weißte, was ihre Freundin, die … die Simone mir gesteckt hat …?“

„Schnall dich an.“

Bernd kicherte blöd.

„Die is … die Bettina jetzt, die is noch nie … noch nie von dem Arsch richtig geknallt worden.“

„Das interessiert mich ’n Dreck“, sagte Mike. Er zerrte den Gurt über Bernds Oberkörper, hakte ihn ein und startete.

Kurz nach Beginn seiner Ausbildung auf der Landespolizeischule meldete sich Klaus telefonisch bei ihm.

Mike nahm den Apparat mit in sein Zimmer.

Seine Eltern saßen bei offener Tür in der Küche.

Sein Vater kippte seinen allabendlichen Underberg und löste sein ebenfalls allabendliches Kreuzworträtsel. Das Radio war eingeschaltet … 441777, Marcus, Guten Abend …

„Mir gehts Scheiße", hörte Mike.

„Wo steckst du?"

„Wo schon? In Bochum. In der Uni. Der Assi lässt mich von seinem Büro aus telefonieren. Ich hab alles verbraten."

„Was …?"

„Ich war übers Wochenende mit Bettina in Amsterdam. Sie hat sich abgesetzt und ich … Alter, ich hab meine ganze Kohle auf den Kopp gehauen. Ich bin zu 'ner Nutte."

Mike setzte sich auf sein Bett.

„Da bist du nicht der Einzige", sagte er. „Aber was heißt abgesetzt? Hast dus ihr gebeichtet?"

„Sie hat vorher die Fliege gemacht, ist einfach mit so einem Typ abgehauen. Kannst du … weißt du, ob sie schon wieder zurück ist? Ich trau mich nicht bei ihr zuhause anzurufen. Der Alte macht mich fertig …"

„Moment, Moment mal", sagte Mike. „Mal von Anfang an …"

Mike blieb eine Woche unentschuldigt dem Unterricht fern und bekam einen ersten Verweis.

Am Abend zuvor hatte er Bettinas Vater einen sauber getippten Bericht vorgelegt:

„Am Freitagvormittag, dem 10. September, reiste Bettina mit Ihrem Einverständnis mit dem Zug nach

Bochum. Sie besuchte ihren dort studierenden und auch Ihnen gut bekannten Freund Klaus Ebertin.

Im Verlauf des Abends kam es zwischen den beiden zu einem Streit über den Fortbestand ihrer Beziehung. Nach Aussage von Klaus beendete Bettina die Auseinandersetzung mit den Worten: Es ist aus, ich fahre allein nach Amsterdam.

Ich konnte ermitteln, dass ein Kommilitone von Klaus sie noch in der Nacht in seinem Wagen mitgenommen hat. Bei einem Konzert der Gruppe Kraftwerk im Paradiso am Samstagabend, den 11. September, verlor er sie allerdings aus den Augen. Ich habe bei dem Personal des Paradiso nachgeforscht und konnte herausfinden, dass Bettina bei einem Musiker mit Namen Wilhelm van de Hardt untergekommen war. Wilhelm van de Hardt bewohnt ein Hausboot auf der Amstel in unmittelbarer Nähe des Amsterdamer Quartier Latin. Dort habe ich Bettina dann auch aufgespürt.

Sie sagte mir, dass sie vorerst in Amsterdam bleiben wolle und bat mich inständig, weder Klaus noch Ihnen ihren Aufenthaltsort zu nennen.

Sie will Ihnen aber in den nächsten Tagen ausführlich schreiben.

Mein persönlicher Eindruck ist, dass sie sich in diesen Wilhelm verliebt hat und sich ein dauerhaftes Zusammenleben mit ihm erhofft.

Meine Ausgaben sind beiliegend aufgelistet."

Bettinas Vater erhöhte den Betrag auf 1000 DM und sah davon ab, mit Klaus Kontakt aufzunehmen und ihm Vorwürfe zu machen.

Nach Abschluss der 1. Fachprüfung wurde Mike der Revierwache 27 im Bezirk Stellingen zugeteilt. Er fuhr mit einem älteren Beamten Streife, der ihm gleich zu Beginn ihrer Tour sagte, er solle alles vergessen, was er auf der Schule gelernt habe. Auf der Straße gelte es in erster Linie, sich Respekt zu verschaffen: Wir sind die Kings, wir bestimmen, was und wie es läuft.

Mike knüpfte eigene Kontakte in der Szene, verfügte schon bald über Informanten, die nur ihn bedienten. Er zog von zuhause aus in eine Zwei-Zimmer-Wohnung in der Vogt-Kölln-Straße. Er freundete sich mit einer Krankenschwester aus dem Alten Eichen an, die nach ihren Spätschichten bei ihm übernachtete.

Sie ähnelte Bettina, war ebenso blond und hoch gewachsen, in Bezug auf ihre Klamotten aber total schlampig. Er sah darüber hinweg. Im Bett spielte das ohnehin keine Rolle.

Nach einer gewissen Zeit überredete er sie, ihm Captagon zu beschaffen, das er im Milieu vertickte.

Im Verlauf der nächsten Jahre waren seine offiziellen dienstlichen Tätigkeiten Gefahrenabwehr von Kindern und Jugendlichen, körperliche Untersuchung der des Drogenkonsums und -handels verdächtiger Personen, Durchführung von Haft- und Vorführbefehlen, Vernehmungen, soweit die Kriminalpolizei nicht zuständig war, Mitwirken bei Einsätzen, aber auch Verkehrsunterricht an Schulen.

Er half einer Lehrerin, sich von ihrem gewalttätigen Ehemann abzusetzen. Auch sie war ein Bettina-Typ.

Er besuchte sie, wann immer er dazu die Möglichkeit hatte. Dann aber musste er feststellen, dass sie sich doch wieder mit ihrem Ex traf und mit ihm fickte.

Er drehte durch und schlug sie zusammen.

Bettinas Vater empfing ihn im Separée der Cöllns Austernstuben. Er empfahl ihm als Vorspeise die irischen Austern und als Hauptgericht das berühmte Filetmittelstück. Mike war einverstanden. Lediglich den Wein lehnte er ab. Er bestellte Bier und einen Klaren.

Bettinas Vater lächelte milde.

Sie plauderten ein wenig über den Glykolwein-Skandal und den phänomenalen Wimbledon-Sieg des siebzehnjährigen Leimener.

Steinfeld wartete, bis die Getränke serviert waren und der Kellner sich wieder zurückgezogen hatte.

„Ich habe es Ihnen ja schon am Telefon gesagt", begann er dann. „Ich habe eine Bitte. Und wie immer Sie sich entscheiden, Mike, es muss vertraulich bleiben. Wir sind hier ganz unter uns. Das Personal ist äußerst diskret."

„Klar", sagte Mike. „Was haben Sie denn auf dem Herzen?"

„Zuerst einmal – wenn Sie rauchen wollen." Er machte eine einladende Geste.

„Ich habs mir gerade wieder abgewöhnt."

„Aber Sie gestatten?"

Mike erwiderte die Geste. Steinfeld klappte ein silbernes Etui auf und entnahm ihm eine flache Zigarette. Er zündete sie an.

„Nun, ich will nicht groß drum herum reden", sagte er dann. „Es geht um Ihren Freund, um Klaus. Sie haben doch noch Kontakt mit ihm?"

„Wir sehen uns gelegentlich."

„Wenn ich richtig informiert bin, ist er jetzt an der hiesigen Fachhochschule."

„Korrekt", bestätigte Mike. „Er denkt daran, zu promovieren."

„Darauf will ich hinaus", sagte Steinfeld, rauchte und hielt die Zigarette zwischen Daumen und Zeigefinger ein Stück von sich weg.

Er lauschte nach irgendetwas.

Mike nahm einen Schluck Bier.

„Eine akademische Laufbahn hat gewiss seinen Reiz", fuhr Steinfeld schließlich fort. „Allerdings soll es mit seinem Privatleben nicht allzu gut bestellt sein. Man sagt, er sei etwas sonderlich, was Beziehungen anbelangt. Ich meine, mit Frauen. Was glauben Sie, Mike? Kann es sein, dass er immer noch an Bettina hängt? Dass er die damalige Trennung nicht verwunden hat?"

Mike hob die Augenbrauen.

Er war gespannt, was kommen würde.

„Schon möglich", sagte er. „Aber das Thema ist bei uns – na ja, irgendwie tabu."

„Aber es ist nicht ausgeschlossen. Ich meine, eine gewisse Sympathie."

„Wollen Sie es genau wissen?"

Steinfeld paffte, lehnte sich zurück.

Er ließ sich einen Moment Zeit, lauschte wieder.

Mike hatte den Eindruck, er horche in sich hinein.

„Bettina", sagte Steinfeld dann. „Bettina ist seit einer Woche zurück in Hamburg. Sie hat eine Tochter – Myriam. Sie ist acht."

„Eine Tochter." Mike versuchte, sich nicht anmerken zu lassen, wie überrascht er war. Er verspürte einen Stich.

Steinfeld nickte.

„Eine achtjährige Tochter – ja. Ich bin Großvater geworden." Sein Lächeln war alles andere als freudig. Er drückte die Zigarette aus, griff nach dem Weinglas.

„Ist das Mädchen von … von diesem Holländer?"

„Das sagt sie, und es gibt für mich keinen Grund, daran zu zweifeln." Er räusperte sich. „Mike, mein Verhältnis zu Bettina ist seit damals nicht gerade das Beste. Ich will daraus keinen Hehl machen. Im Grunde genommen hatte ich sie abgeschrieben, aber –" Er zuckte die Achseln. „Aber was soll ich machen? Sie bleibt nun mal meine Tochter. Sie ist mein einziges Kind. Von daher –" Seine Stimme wurde entschiedener. „Von daher möchte ich sie jetzt in einigermaßen soliden Händen wissen. Meine Bitte an Sie ist, Mike, eine Art Zusammentreffen mit ihr und Klaus zu arrangieren. Sie könnten neu beginnen."

Mike schüttelte impulsiv den Kopf.

Er wollte es nicht, aber er musste lachen. Es war ein kurzes, hartes Lachen.

„Sorry", sagte er. „Sorry, aber das ist – das ist völlig absurd."

Steinfeld straffte sich.

„Es ist einen Versuch wert", sagte er. „Mir ist es das

wert. Tun Sie, was in Ihrer Macht steht. Sie können davon ausgehen, dass ich mich erkenntlich zeigen werde …“

Es war ein Freitagabend, an dem Mike seinen Wagen auf der unteren Löwenstraße parkte und das Stück zurück zum Haus Nr. 12 ging.

Laut Steinfeld sollte Bettina mit ihrer Tochter dort in der zur Zeit nicht genutzten Wohnung eines Kameramannes untergekommen sein.

Mike hatte eine an der Tanke gekaufte Flasche Sekt dabei und für Myriam eine Tüte Haribo Konfekt. Er hoffte, dass die Kleine das Zeug mochte.

Wenn nicht, würde er es verputzen.

Es war kurz nach neun, und es war noch hell.

Summertime.

Mike hatte seine letzte Begegnung mit Bettina über all die Jahre hinweg deutlich in Erinnerung behalten.

Sie lehnte an der Reling des Hausboots, die Enden ihrer Bluse unter den Brüsten verknotet, kiffte und lächelte ihn ironisch an … sieh an, der Mike spürt mir nach … war das Klaus' Idee oder was willst du?

Er war nahe dran gewesen, ihr eine reinzuhauen … man macht sich nicht einfach davon …

Scheiße!

Stattdessen war er geil auf sie geworden, hatte sich nur mit Mühe zurückhalten können und irgendwelchen Schwachsinn von sich gegeben … Beunruhigung, Besorgnis …

Sie hatte ihn ausgelacht.

Und dann war auch noch dieser Kaaskopp aufs Boot gekommen …

Mike hatte das Haus noch nicht erreicht, als Bettina herauskam.

Sie hatte sich kaum verändert, trug das hellblonde Haar immer noch lang, ging zur Straße vor und winkte zu einem von der Breitenfelder heranfahrenden Wagen.

Mike ging hinter einem Dixi-Klo in Deckung.

Der Wagen, eine Ente mit einem großen Atomkraft-Nein-Danke-Aufkleber auf der Kühlerhaube, hielt bei Bettina.

Der Fahrer sprang heraus.

Mike glaubte, seinen Augen nicht zu trauen.

Der Latzhosenträger war … es war Bernd.

Er umarmte Bettina und schwenkte sie juchzend herum. Ihr Rock wehte hoch. Sie küssten sich …

Sie küsste diesen Pisser!

13

Bettina betrat den Wohnraum mit freiem Blick auf den See. Er war neu tapeziert und auch neu eingerichtet worden, wirkte heller und freundlicher.

Ihre Tante saß am Frühstückstisch, bekleidet mit einem lindgrünen Jacqueline-Kennedy-Kostüm und blütenweißer Bluse. Ihre Pagenfrisur war scharf geschnitten, betonte die hohen Wangenknochen und die vollen Lippen – aufgespritzt, gestrafft, registrierte Bettina. Eine Mehrere-Tausend-Euro-OP.

Ihre Tante faltete sorgfältig die Zeitung zusammen.

„Du musst einen guten Grund haben, mich aufzusuchen“, sagte sie. „Ansonsten vermeidest du es ja tunlichst.“

Sie gab Bettina zu verstehen, sich zu setzen und wandte sich der an der Tür abwartenden jungen Frau zu.

„Dana, legen Sie bitte ein Gedeck für meine Nichte auf. – Darf es Tee sein oder bestehst du auf einen Kaffee?“

„Tee, bitte“, sagte Bettina. „Danke.“

Sie rückte den Stuhl ein wenig zurück.

Die junge Frau brachte ihr eine Tasse und goss ein.

„Ich kümmere mich dann um Chefe“, sagte sie.

„Onkel Hans? Ist was mit ihm?“

„Er hat sich was eingefangen. Das wird dich nicht

weiter interessieren. Meines Wissens habt ihr alles in allem nicht mehr als zwei, drei Worte miteinander gewechselt. Und das vor einer Ewigkeit."

„Auf eurem Hochzeitsempfang ..."

„Vor einer Ewigkeit", beharrte ihre Tante.

Die junge Frau deutete eine leichte Verbeugung an und verließ den Raum.

Als sie die Tür hinter sich zugezogen hatte, setzte Bettina neu an.

„Es fällt mir nicht leicht", sagte sie. „Aber ich brauche deine Hilfe."

„Meine Hilfe? – Wenn ich mich richtig erinnere, hast du dir das seit jeher verbeten. Von allen. Überkommt dich plötzlich doch so etwas wie Familiensinn?"

„Ich gehe davon aus, dass du Eloi nach wie vor magst."

„Soweit es mir möglich ist. Er kann ja nun schließlich nichts dafür, dass du ..."

„Du würdest es für ihn tun. – Er ist in Lebensgefahr."

Ihre um ewige Jugendlichkeit bemühte Tante zog misstrauisch die Augenbrauen zusammen.

„In Gefahr?", fragte sie nach. „Deinetwegen?"

Bettina atmete tief durch.

Sie erzählte, was geschehen war.

Sie machte es kurz, beschränkte sich auf das Wesentliche.

„Natürlich bin ich gemeint", schloss sie. „Irgendwer, irgendwelche Leute wollen mich bluten lassen. Oder auch –" Sie stockte.

Bluten. Bluten lassen.

Ein Bild blitzte auf.

Das ausfließende Blut.

Das blutige Laken. Das klägliche Wimmern.

Sie erschrak, dass ihr das plötzlich in den Sinn kam.

Und auch Pavels triumphierendes Jubeln zu hören glaubte.

Sie verkrampfte sich.

„Oder was? Ein Anschlag auf die Firma, auf deine Unternehmenspolitik …?“, hörte sie noch …

14

Bettina … Es war unsäglich heiß. Die Sonne knallte auf das Dach der Hütte. Ein Gecko huschte über die Wand, verschwand im Gebälk.

Tock! Tock! Tock!

Schwere Hammerschläge.

Und dann wieder die Trommeln. Wie ein Echo. Wie ein Marsch. Wie knallende Stiefelschritte.

Furchtbar.

Bettina schleppte sich zum Fenster, war nass geschwitzt und schwach.

Entsetzt sah sie aus Tränen verhangenen Augen, was sich auf dem Platz vor dem Bananenhaus tat.

Pavel schwang den Hammer.

Tock!

Er nagelte das blutgetränkte Bettlaken an die Wand des Hauses, umringt von der trommelnden Gruppe.

Er war nackt. Alle waren nackt.

Tock! Tock! Tock!

Sie versuchte, Bernd auszumachen.

Sie sah ihn nicht. Sie sah nur die dicht aneinander gedrängten nackten Körper und den jetzt dem Trommeln Einhalt gebietenden Pavel.

„Seht her!“, rief er. „Dies Blut ists, das unsere Zukunft ist, rot und warm! Ausufernd, Fäden ziehend, die gesamte Welt umspannend! Ein Zeichen, dass angebrochen ist die neue Zeit! Es ist vom Leib des ersten Geschöpfs der neuen Generation, unser aller Kindlein, das herniedergekommen ist ..."

Ihr wurde übel.

Ihr war, als lege sich eine Schlinge um ihren Hals.

Ihr wurde schwarz vor Augen, und sie sackte kraftlos in sich zusammen ...

Es war eine der wenigen total finsteren Inselnächte. Ein kalter Wind wehte. Bettina bemühte sich, dicht hinter Sara zu bleiben. Sie trug ihren Rucksack und an der Brust das in ein dickes Tuch gewickelte Baby, den kleinen Eloi.

Der schmale Weg den Berg hinauf war steil und steinig. Es war der einzige Weg, der aus der Bucht heraus zur Stadt führte.

Zum Hafen, zur Fähre.

Es war ein langer, mühsamer Weg.

Bettina atmete schwer.

Sara blieb stehen.

„Sorry", sagte sie. „Aber wir müssen uns beeilen. Ich muss noch vor Tagesanbruch zurück sein."

„Warum willst du nicht mit? Es ist doch alles nur noch Wahnsinn."

„Klar. Aber man muss ihn stoppen. Und das geht nur, wenn wir Pavel entmachten, uns von ihm befreien."

„Ja, wie denn?", fragte Bettina.

Der kleine Eloi wimmerte leise. Sie wiegte ihn sanft.

Ihr war kalt, und ihre Zähne schlugen aufeinander.

„Es gibt mehrere, die dazu bereit sind. Die sich betrogen, ausgenutzt und missbraucht fühlen – auch Bernd."

„Berni." Bettina sagte es kaum hörbar, aber Sara nickte bekräftigend.

„Er hats nicht wahrhaben wollen, ich weiß. Wir waren alle zu lange blind, Bettina. Das muss ich mir auch vorwerfen."

„Berni kifft sich doch nur noch zu."

Sara sagte nichts mehr dazu.

Sie trat einen Geröllstein beiseite und ging weiter.

Bettina seufzte. Sie folgte ihr, hielt ihren Blick auf den Boden gerichtet, machte kleine, vorsichtige Schritte. Die Riemen ihres Rucksacks drückten. Er war schwer, prall gefüllt mit all ihren Sachen, mit Nahrungsmitteln und Fläschchen für Eloi. Ihr stand eine lange Reise bevor, und sie hoffte, dass ihr Geld zumindest bis zum spanischen Festland reichen würde.

Als sie den Gipfel des Berges erreicht hatten, hakte Sara die Wasserflasche von ihrem Gürtel. Sie ließ Bettina trinken.

„Ich will auch deshalb bleiben", sagte sie, „weil ich hier bei mir angekommen bin – und dafür gezahlt habe. Es ist mein Platz, und den werde ich mir nicht nehmen lassen. Pavel gehört hinter Gitter." Sie strich Bettina liebevoll über die Wange. „Aber du musst gehen. Du musst es um deiner selbst Willen und – und vor allem, um Eloi vor ihm in Sicherheit zu bringen."

Bettina zog ein Buch aus dem Rucksack.

„Danke – danke für alles", sagte sie. „Das ist für

dich. Stör dich nicht an der Widmung meines Vaters. Mir hat es die Augen geöffnet …“

15

Als Mike gegangen war, um noch einiges zu erledigen, machte Klaus sich einen großen Kaffee und ging damit nach oben.

Er setzte sich an Elois Schreibtisch und nahm sich das iBook vor. Mit ein paar Klicks hatte er auf dem Schirm, was Eloi sich heruntergeladen hatte.

Auf dem Foto sämtlicher Mitarbeiter der Ferienanlage erkannte er Bernd nicht sofort. Er stand in der hinteren Reihe, halb verdeckt von einer korpulenten Brünetten.

Er hatte einen grauen Vollbart und kurzgeschorenes Haar.

Klaus fand, dass er scheiße aussah. Mit oder ohne Bart. Die gleiche hämische Fresse.

Bernd, der Leiter. Der Leiter des geschäftsführenden Teams.

Na, toll!

Berni, der ehemalige Schulfreund. Der durchgeknallte Kunststudent, der es hier zu nichts gebracht hatte. Aber mit Bettina rumgevögelt und – und vermutlich Elois Vater war.

Scheiße, Scheiße, Scheiße!

Klaus hatte über all die Jahre geschwiegen. Hatte den Ersatzpapa gemimt. An Stelle des wahren – einem früh Verstorbenen.

Ha! Ha-ha!

Aber so hatte Bettina es hingebogen.

Und er hatte es akzeptiert. Hatte es bei ihrem Deal mit ihm geschworen.

Nie, niemals ein Wort über Berni. Über Gomera und überhaupt …

Hatte Eloi jetzt etwa doch davon Wind gekriegt?

Aber von wem?

Berni – verdammt!

Klaus schloss die Seite und suchte weiter.

Es war für ihn ein Leichtes, herauszufinden, was Eloi sich in letzter Zeit noch alles angesehen hatte.

Ein Artikel im Valle Bote brachte allerdings nichts Aufschlussreiches.

In der deutschsprachigen Kanaren-Zeitung war Bernd lediglich im Zusammenhang mit einem tödlichen Unfall zitiert.

Er wusch einen Afrikaner von dem Verdacht frei, schuldhaft darin verwickelt zu sein.

Interessanterweise aber hatte Eloi auch mehrere Berichte über auf Gomera gestrandete Boatpeople angeklickt.

Über hundert Boatpeople auf den Kanaren angekommen.

Eine Flutwelle von Migranten.

Interniert im Ferienparadies.

Heillos überfüllte Auffangplätze.

Aufstände der Internierten.

Flüchtlingsboot mit zwei Leichen an Bord erreicht La Gomera.

Flüchtlinge aus Guinea-Bissau. Ein Bericht aus dem Herzen der Hölle …

Klaus zündete sich eine Zigarette an, dachte nach.

Was hatte das zu bedeuten?

Hatte es was zu bedeuten?

Er durchforstete den weiteren Verlauf, hatte das dumpfe Gefühl, doch noch auf irgendeine Spur zu stoßen, auf eine Info über Bernd …

16

Klaus … Er musste nicht groß überlegen, wann er die Steinfeld-Villa zum letzten Mal betreten hatte. Es war dreizehn Jahre her. Damals war es Sommer gewesen, eine durchgängig schöne Sommerzeit, und er war wie immer mit dem Rad gekommen.

Heute war er zu Fuß, und es war nasskalt. Das typische Hamburger Schmuddelwetter.

Er trat seine Schuhe am Gitterrost ab, klingelte und wickelte das Dutzend langstieliger Rosen aus. Gerda, der gute Geist des Hauses, öffnete ihm die Tür.

„Der Klaus", sagte sie. „Nee, so was aber auch. Groß verändert hast dich ja nu nich."

„Das hört man nicht so gern", sagte er und lachte ein übertrieben fröhliches Lachen. „Sie sind schon 'n büschen älter geworden."

„Kälter, ja, ja – kälter ist es geworden. Wird ein harter Winter. – Wirst du erwartet, min Jung?"

„Bettina hat mich angerufen!"

Gerda ließ ihn eintreten und legte ihren knochigen Finger auf die Lippen.

„Nu schrei aber nich so", sagte sie. „Der gnädige Herr is nich wohl auf. Ja, ja, der liegt schon seit Tagen flach. Und aus Rosen macht der sich ja nun gar nix."

„Bettina", wiederholte Klaus. „Wir haben telefoniert."

Gnädiger Herr – ja, Scheiße, dachte er. Wie kam sie nur auf die Idee, dass er den Alten mit Blumen beglücken würde?

Bettina erschien im Vorraum.

Klaus war entsetzt. Entsetzt und sprachlos.

Bettina sah gespenstisch aus.

Eingefallene Wangen, tiefe Ringe unter den Augen, strähniges Haar.

Sie trug einen viel zu weiten Pullover und graue Leggins.

„Danke, Gerda", sagte sie laut vernehmbar. „Ich gehe mit Klaus nach oben."

Gerda hob ihre Hand.

„Kindchen, Kindchen", mahnte sie. „Nun mach aber nich schon wieder Dummheiten."

Dummheiten?

Klaus sah Bettina irritiert an ...

„Ich habe am gleichen Tag ein Kind verloren und ein neues bekommen", sagte Bettina. „Wie nennt man das?"

Klaus schüttelte den Kopf.

„Ich versteh nicht", sagte er. „Ich versteh überhaupt nichts."

„Ach, komm – du wusstest doch von Myriam." Ein bitterer Zug legte sich um ihren Mund. „Sie ist im Meer ertrunken. Auf Gomera. Vor vier Monaten. Ich hatte gerade Eloi geboren."

„Eloi ...?"

„Der Auserwählte. Ich – für den Namen hatte ich

mich schon während der Schwangerschaft entschieden. Ich finde ihn passend."

„Bettina – entschuldige, aber ich weiß nicht …"

„Da gibts nichts weiter zu verstehen", unterbrach sie ihn. „Ich hab mich überreden lassen, mit auf diese Insel zu gehen. Ich hab anfangs auch an das Projekt geglaubt, aber dann war nur noch von befreiter Sexualität die Rede. Ich hab mich mitreißen lassen und – " Sie winkte ab. „Es war letztlich die Hölle."

Klaus zog sein Zigarettenpäckchen hervor und sah sich nach einem Ascher um.

Bettina bemerkte es.

„Warte", sagte sie. „Ich hol uns auch was zu trinken. Was möchtest du? Es ist alles im Haus – Vaters ganze Alkpalette."

„Dann nehm ich 'n Wodka", sagte Klaus. „Wenn möglich mit Eis."

Bettina nickte.

Sie verließ das Zimmer, und Klaus hörte, wie sie nach unten ging.

Myriam. Im Meer ertrunken.

Vor vier Monaten.

Und Bettina hatte ein sechzehn Wochen altes Baby. Einen Jungen.

Zwangsläufig dachte er an Berni.

Er spürte, dass ihn eine unsägliche Wut überkam.

Rasende Wut und Hass. Hass auf diese miese, hinterhältige Ratte.

Er stand auf und ging in dem Jungmädchenzimmer umher.

Es hatte sich nichts verändert. Es war alles noch wie damals. Das Toskana-Poster an der Wand, der Strohhut, die bunten Bänder und Ketten, selbst die Spickzettel an der Schreibtischlampe und die Muschelsammlung auf dem Fensterbrett, der kleine tönerne Leuchtturm.

Auf dem Bücherbord entdeckte er zwischen den Schulbüchern der Prima einen abgegriffenen Leinenband – Josefine Mutzenbacher.

Er schlug das Buch auf.

Ich bin halt eine brave Frau, las er und: ... sie stand ruhig und ließ mit ihren Brüsten spielen ... brav hin, brav her, wenn der Mann nix hergibt, hört sich die Bravheit auf ...

Später, sehr viel später in der Nacht war er betrunken genug, Bettina danach zu fragen.

„Ach, das", sagte sie. „Ja, ich erinnere mich. Es gehört Simone. Wir haben es damals gemeinsam gelesen. War irgendwie ganz witzig. – Weißt du, was aus ihr geworden ist?"

„Sie ist mit Sven zusammen", sagte er. „Sie wollen heiraten. Sven ist riesig im Geschäft." Er nickte nachsinnend, brauchte noch einen Moment, bevor er dann weitersprach. „Warum Berni? Warum ausgerechnet der?"

Bettina zuckte die Achseln.

„Er war eine Zeitlang gut für mich", sagte sie.

„Aber ich ..."

„Das ist vorbei. Endgültig." Sie erwiderte seinen

Blick. Eindringlich. „Ich hab auf Gomera mit etlichen Männern geschlafen. Das war halt so. Und wenn es dich beruhigt – ich bin mir überhaupt nicht sicher, ob Berni Elois Vater ist. Aber es ist mein Kind, allein meins.“

Klaus schwieg.

Er stierte nur noch dumpf vor sich hin.

Er erwachte von einem durchdringenden Greinen und wälzte sich erschrocken aus dem schmalen Bett.

Er brauchte einen Moment, um sich klar zu machen, dass er immer noch in Bettinas Zimmer war. Auf seiner Uhr war es kurz nach fünf.

Das Greinen brach ab, und Sekunden darauf kam Bettina herein, den Kleinen an der Brust.

Sie lächelte.

„Schau, das ist er – mein Eloi …“

Drei Tage später, am Samstagnachmittag vor dem ersten Advent, stand sie unangemeldet vor seiner Tür.

„Ich möchte was mit dir besprechen“, sagte sie. „Hast du Zeit? Es wäre schön, wenn wir gleich zu einer Entscheidung kämen.“

Er hatte keine Ahnung, um was es gehen sollte.

Er war noch nicht angezogen, trug über einem Schlafshirt nur den flüchtig übergeworfenen Bademantel seines schon lange verstorbenen Vaters.

Zustimmend aber nickte er und ließ sie eintreten.

Aus seinem Wohnzimmer dröhnte der eingeschaltete Fernseher …

Sie heirateten ein Jahr danach, standesamtlich, am 9. Januar.

Phil Collins Live-Album war zu Beginn des Jahres auf Platz 1 der Charts.

Am 16. Januar begannen die Luftangriffe auf den Irak. Einen Tag später wurde Helmut Kohl vom Bundestag zum gesamtdeutschen Kanzler gewählt.

Diether Krebs landete mit „Ich bin der Martin, ne" den Hit der Saison.

Bei der Hamburger Bürgerschaftswahl am 2. Juni errang die SPD eine hauchdünne Mehrheit und konnte allein die Regierung stellen.

Bettinas Vater, Firmenchef der expandierenden Steinfeld AG, starb am 12. August im Alter von 63 Jahren an Kehlkopfkrebs.

Er starb getreu seinem Vorsatz „im Sommer sterben, wenn alles hell ist und die Erde für Spaten leicht."

Ernst Steinfeld wurde auf dem Ohlsdorfer Friedhof beigesetzt.

Eloi war eine Woche zuvor zwei Jahre alt geworden.

Eloi – der Auserwählte …

17

David machte sich Janet erst bemerkbar, als sie die Villa nach knapp zehn Minuten wieder verließ. Sie erschrak heftig und brauchte einen Moment, um das Seitenfenster ihres Smart herunterzulassen.

„Du? Was machst du hier?"

„Warte auf Eloi."

Sie schüttelte den Kopf.

Ihr halblanges Haar schien frisch gewaschen. Es roch nach Limonen.

„Eloi ist nicht zuhause. – Steig ein."

Sie beugte sich vor und öffnete die Beifahrertür.

David zögerte kurz, schlängelte sich dann aber auf den Sitz.

Er sah noch einmal zur Villa rüber.

An dem schmalen Fenster neben der Haustür bewegte sich die Jalousie.

Auch Janet sah es.

Sie nickte wissend.

„Da stimmt was nicht", sagte sie und startete den Wagen.

Sie trug heute eine ausgefranste Jeans-Shorts und ein pinkfarbenes Top.

Ihre Füße steckten in schlichten Sandaletten.

Sie fuhr zur Brücke vor und bog nach links ab.

Vor dem Eckhaus war die Deutschlandfahne gehisst.

„Der Alte wollte mich gleich wieder loswerden“, erklärte sie, bevor sie wieder nach links abbog und auf die Sierich zusteuerte. „Eloi soll heute Morgen mit seiner Mutter nach Schleswig gefahren sein. Zu einem Familienfest. Als ob ich bescheuert wär.“

„Was ...?“

„Eloi und irgend ’n Familienfest. Das ist ’n Witz.“

David nagte an seiner Lippe. Er hielt sich mit der Rechten am Türgriff fest. Die Tachonadel vibrierte auf sechzig zu.

„Die Frau ist allein weg“, sagte er.

„Sag ich doch – alles Spinnkram. Der Alte war so was von durch den Wind. – Ich brauch jetzt erstmal ’n Latte, und dann sagst du mir, was bei dir abgeht.“

Sie fädelte sich auf der Zweispurigen in Richtung Marktplatz ein und entdeckte noch vor der nächsten Ampel eine Parklücke.

Als David mit ihr ausgestiegen war, sah sie ihn über das Wagendach hinweg an.

„Aber flachs mich nicht an“, warnte sie ihn. „Und mach nicht wieder so ’ne Hektik wie gestern. Dein Abgang war echt scheiße.“

Sie wartete seine Antwort nicht ab, winkte ihn mit sich und strebte auf den schräg gegenüberliegenden Platz zu.

18

David … Li sah ihn fragend an. Mandelaugen. Flaches Gesicht. Sie trug ein Delphin-T-Shirt, atmete angespannt.

David nickte.

Sie war augenblicklich erleichtert, gab ihm zu verstehen, ihr auf den Hinterhof zu folgen. Sie wischte ihre Hände an den Jeans ab und ging vor.

Draußen steckte sie ihm das Geld zu.

Er gab ihr die Briefchen.

„Ich bin kurz weg“, sagte sie. „Wenn Onkel fragt, ich bin in Drogerie. Hygiene.“

Als sie zum Tor ging, zog sie ihr Handy aus der Gesäßtasche.

David hörte noch, dass sie mit jemandem sprach – mit ihrem Freund.

Sie kam tatsächlich schnell zurück und David schloss daraus, dass er ganz in der Nähe auf sie gewartet hatte.

„Danke“, sagte sie. „Du hast mir sehr geholfen.“ Sie nahm ihre Arbeit wieder auf, begann routiniert Frühlingszwiebeln zu schneiden.

David stellte den großen Wok auf den Herd. Es war kurz nach eins, und wie jeden Tag half er Li bei den Vorbereitungen der Speisen. Sie hielt kurz inne.

„Boris soll zufrieden sein “, sagte sie. „Er will eigenes Lokal eröffnen. Hat schon was gefunden in Wilhelmsburg. Wenn fertig, gehe ich zu ihm. Ist vielleicht auch was für dich."

„Das wird Chef nicht gefallen."

„Onkel will verkaufen. Verhandelt schon. Ich hab es heimlich gehört. Sind Männer aus Taiwan."

David schluckte trocken.

Er versuchte, sich nicht anmerken zu lassen, wie sehr ihn das bedrückte, ihn traurig machte.

Ihr Onkel war zwar streng, aber er war gern bei ihm.

Und er fühlte sich bei ihm sicher.

Sicher vor Kontrollen.

Es gab eine Bodenklappe in der Küche. Einen Einstieg in den Keller, verdeckt von einem großen Strohkorb mit Abfall.

Blacky erwartete ihn am Feldstraßenbunker.

Er nahm das Geld in Empfang und gab ihm 15 Euro.

„Okay", sagte er. „Fünf Prozent für dich. Check ab, ob bei den Gelben noch mehr drin ist. Dann sind wir im Geschäft." Er klatschte mit ihm ab. „Ein Drink, Bruder? Der Club da oben ist super."

David dankte.

„Zu spät für mich."

Blacky zuckte die Achseln.

„Wie du willst, Mann. Auf mich wartet noch 'n scharfes Girl." Er zündete sich einen Spliff an. „Okay, Mann, wir sehen uns", sagte er und zog ab.

David blieb noch, bis er den Bunker betreten hatte

und machte sich dann auf den Heimweg nach Eimsbüttel. Er war nicht sonderlich glücklich.

Es geschah zwei Wochen danach.

Er hatte Sara einen Brief geschrieben.

Er hatte ihr geschrieben, dass man ihm jetzt helfen werde, eine Aufenthaltsgenehmigung für Deutschland zu erhalten.

Er hatte ihr von Li und ihrem Onkel geschrieben. Von seiner Arbeit in der Küche, und dass er jetzt mehr verdiene, sich Geld zurücklegen könne.

Er hatte lange gebraucht, um eine Seite zu füllen.

Jetzt stand er in der Schlange vor dem Postschalter.

Als er endlich dran war, drängte sich ein älterer Mann mit einem Paket vor.

David trat zurück.

Der Mann wollte eine schriftliche Bestätigung, dass ihm das Paket beschädigt zugestellt worden sei.

Der Postbeamte erklärte ihm, dass er das nicht überprüfen könne. Es tue ihm leid, aber nachträgliche Reklamationen könnten nicht angenommen werden. Er musste es mehrere Male wiederholen.

Der Mann wurde laut, schrie und drohte mit einer Anzeige.

Er blickte sich um und nahm David ins Visier.

„Was lachst du?“

David schüttelte den Kopf.

„Ich lache nicht.“

„Werd nicht frech! Ich kenn euch Pack! Ihr lügt, wenn ihr nur euer dreckiges Maul aufmacht!“

Eine hinter David wartende Frau mischte sich ein.

„Sie haben doch gehört, was man Ihnen gesagt hat. Sie halten uns auf. Machen Sie endlich Platz!“

„Was ist?! Ist das etwa dein Stecher?!“

Mehrere Kunden reagierten empört, wollten eingreifen. Ein Tumult entstand.

Der Mann schnappte sich sein Paket, stieß David und andere beiseite und rannte hinaus.

Er fing David an der Kreuzung ab.

Er ging direkt auf ihn los und schlug zu.

David hob abwehrend die Arme.

Der Mann trat ihm ans Bein.

David taumelte, stürzte zu Boden. Er sah Passanten teilnahmslos vorbeigehen, hörte auch ein Lachen, wollte sich wieder aufrichten und davonrennen.

Rennen, rennen. Nur weg, weit weg …

Der Mann ließ nicht von ihm ab.

Er versetzte ihm gezielte Tritte.

David schossen Tränen in die Augen.

Er biss die Zähne zusammen, sammelte all seine Kraft und … er hörte ein Motorrad heranrasen, hörte einen entsetzten Schrei und sah hoch …

Das Motorrad bretterte voll in den Mann hinein.

Er knallte rücklings aufs Pflaster.

Der Motorradfahrer riss seine Maschine herum.

„Spring auf!“ Er streckte die Hand nach David aus.

David löste sich von dem Fahrer, stieg ab.

Seine Handflächen waren aufgeschrammt und seine Rippen schmerzten.

Er lehnte sich an die Rampe des Fischgroßhandels.

Sein Retter legte den Helm auf den Sitz, strich sein Haar zurück.

„Was war das für'n Arschloch?", fragte er.

Es war ein junger, gutaussehender Bursche, mit Jeans, weißem T-Shirt und schwarzer Lederjacke bekleidet.

„Eloi", sagte er. „Ich heiß Eloi. Frag nicht, was es damit auf sich hat. Sonst denkst du noch, die Art von Action ist mein Job. – He, you understand?"

„Ich spreche Deutsch."

„Na, bestens. – Und?"

David blickte verwirrt.

Eloi lachte.

„Dein Name", sagte er. „Wer du bist, wo du herkommst, was du machst. Was das Arschloch von dir wollte – alles, wenn du willst. Wenn nicht, ists auch okay."

„Nein, nein. Ich … David."

Später hockten sie nebeneinander auf der Kaimauer, ließen die Beine baumeln und blickten über die Elbe.

„Guinea", wiederholte Eloi nachdenklich. „Da weiß ich echt so gut wie nichts von."

„Ist armes Land. Nur die Bosse machen viel Geld – mit Drogen."

„Drogen, klar. Afrika."

„Kokain kommt aus Kolumbien, auch aus Afghanistan. Guinea ist Drehscheibe für den Handel mit ganz Europa. Es gibt viele Gangs und jeden Tag Tote."

„Hast du damit zu tun? Ich meine, mit Dealen?"

David schüttelte den Kopf.

Er schwieg.

Eine Weile schwiegen beide.

Barkassen tuckerten auf dem Fluss vorbei. Segler kurvten herum.

Von der Werft her war das Hämmern und Nieten zu hören.

Möwen flogen dicht über sie hinweg.

„Vater war in der Armee", sagte David schließlich. „Armee arbeitet mit Drogenmafia zusammen. Er soll großen Deal verraten haben. Er ist vor unserem Haus erschossen worden."

Er schluckte trocken, räusperte.

„Scheiße", sagte Eloi.

„Mutter dann auch. Ich konnte fliehen. Bin zu Großvater. Er hatte Boot. Wir waren zwölf Leute, als wir aufs Meer sind. In Richtung Kanaren. Nur ich bin angekommen."

Eloi suchte Davids Blick.

David starrte ausdruckslos auf die träge dahinfließende Elbe.

Seine Augen schimmerten feucht.

Eloi ließ die Sekunden verstreichen.

Was sollte er auch sagen?

Schließlich aber sprach David weiter.

„Ich hatte Glück", sagte er, und es klang abschließend. „Habe Freunde gefunden, gute Menschen. Sie haben mir geholfen, hierher zu kommen. Ich habe Arbeit und … und ich kann bleiben, erst einmal."

„Okay", sagte Eloi. „Okay. – Und was ist das für 'ne Arbeit …?"

Im Verlauf der nächsten Wochen kam Eloi oft in das Chinarestaurant, spät abends oder auch erst nach Mitternacht, bestellte Nudelsuppe, trank ein Bier und rauchte mit David auf dem Hof eine Zigarette.

Er berichtete ihm von Konzerten im Docks und in der Großen Freiheit, blieb auch einige Male, bis David Feierabend hatte und cruiste dann mit ihm auf seiner Jet Force in St. Pauli, in der Hafencity und anderswo herum.

Ein langer, schmaler Raum.

Muskulöse und magere Farbige.

Dunkelbraune und Tiefschwarze.

Rastagelockte und Glatzköpfige.

Rot geäderte Augen. Sonnenbrillenträger.

Mit Goldschmuck behangen, mit Ringen und Ketten.

Sie standen dicht gedrängt am Tresen, palaverten in ihrer Landessprache und in Englisch und Französisch.

Afrobeat dröhnte aus den Boxen. Fela Kuti. Lärmende Jams, aggressive Rhythmik.

Die Männer tanzten. Sie tanzten mit schlanken und mit korpulenten Frauen in Kattungewändern oder knapp sitzenden Jeansröcken. Tanzten mit jungen und auch älteren weißen Frauen. Lässig gekleideten weißen Frauen, freizügig gekleideten.

Tank-Shirts, weit geöffnete Hemdblusen, Korsagen.

Der Geruch von Hanf, von Parfüms, von Körperpuder und Schweiß hing in der Luft.

Bierflaschen klirrten aneinander.

Es wurde gelacht. Ein gutturales Lachen, ein lockendes, ein schrilles.

Eloi fand am Ende der Theke für sich und David Platz, orderte Cola-Rum, zahlte.

„Kennst du echt nicht?", fragte er.

„Hab nur von gehört."

Sie stießen die Gläser an.

„Ist 'ne geile Szene", sagte Eloi. „Ich warte jedes Mal wieder darauf, dass auch meine Alte hier auftaucht – meine Mutter."

Er bemerkte, dass David verwundert die Stirn runzelte.

„Kann ich mir jedenfalls vorstellen. Ein- , zweimal im Monat braucht sie das. Sind ja auch klasse Typen."

„Sucht sie einen Mann?"

„Stressabbau", sagte Eloi. „Einen Mann hat sie. Ist zwar nicht mein richtiger Vater, der ist schon lange tot. – Nee, nee, sie hat irgend so 'nen Hang, gelegentlich auszuflippen. Kann man verstehen – bei ihrem Job."

„Was für Job?"

Eloi beugte sich zu ihm, senkte die Stimme.

„Big Business – weltweit. Da gehts um Milliarden." Er lachte verhalten. „Du hast wahrscheinlich auch schon was von ihrer Company in der Hand gehabt – Seife oder 'ne Creme." Er fasste ihn am Arm. „He", flüsterte er. „Da läuft was."

Er nickte zu einer Dunkelhaarigen hin.

Sie war in ihrem Alter, trug ein dünnes, rotes Trägerkleid und wirkte ziemlich taff.

Zielstrebig verschwand sie mit einem Farbigen im Schlepptau im Gang zu den Toiletten.

David zuckte nur die Schultern.

„Mal sehen", sagte Eloi. „Vielleicht krieg ich die Kleine nachher dazu, mir 'n Kontakt zu machen."

David brauchte einen Moment, um dann entschieden den Kopf zu schütteln …

Li wandte sich von ihm ab.

Er hörte sie schluchzen.

Behutsam fasste er sie an den Schultern.

Sie drehte sich wieder zu ihm um, schlang ihre Arme um ihn.

„Boris", schniefte sie. „Er will mich nicht mehr."

David streichelte ihr Haar.

Danach fragte er sich, wie es so schnell hatte passieren können.

Er löste sich von ihr, zog seine Hose hoch.

Li ließ sich an dem Müllcontainer zu Boden gleiten, die Beine noch gespreizt.

Sie legte den Kopf zurück, lächelte und blinzelte in die Mittagssonne …

Als die letzten Gäste gezahlt hatten und der Onkel das Lokal schloss, begleitete er Li nach Hause und verbrachte die Nacht mit ihr. Es überraschte ihn, wie leidenschaftlich sie ihn begehrte und um was alles sie ihn bat. Erst bei Sonnenaufgang schliefen sie ein.

Seitdem übernachtete er oft bei ihr.

Eloi zwinkerte ihm zu, als er aus der Küche kam und die Schachteln mit den diversen Gerichten auf dem Tresen abstellte.

Er nickte zu dem Onkel hin.

„Du kannst Feierabend machen", sagte er. „Hab ich geklärt. Lieferservice. Wir feiern 'ne Party."

19

Janet lachte prustend, musste die Tasse absetzen. Etwas Milchschaum blieb an Lippen und Nase hängen. Sie wischte ihn ab, lachte noch einmal. An den Nachbartischen des Straßencafés drehten sich einige Gäste zu ihr um.

„Sorry", sagte Janet zu David, „aber das hat er von seinem blöden Fick. Lässt sich von der Alten abzocken."

„War mein Geld."

„Ja, ja – schon klar." Sie schüttelte den Kopf und schlug die Beine wieder übereinander.

David rückte mit seinem Stuhl ein Stück zurück.

Auch hier hüpften fette Tauben auf dem Pflaster herum, pickten nach Brotkrumen. Passanten schlenderten über den Platz, strebten auf den Edekamarkt am Eck zu. Neben dem Eingang hockte ein beinamputierter Akkordeonspieler. Er spielte eine heitere Melodie.

David rieb seine feucht gewordenen Hände.

Janet griff nach ihrem Handy.

„Wegen der Kohle mach dir mal keinen Stress", sagte sie. „Das lässt sich regeln."

„Blacky ist jetzt schon wütend. Gibt mir keine Zeit mehr."

„Muss er auch nicht. – Mensch, ich kenn ihn doch. Hast du das nicht geschnallt? Ich red mit ihm."

David sah sie ungläubig an, auch beschämt.

Er schluckte trocken.

„Du … du willst zu Blacky gehen?“

„Hast du seine aktuelle Nummer? Wo ich ihn erreichen kann?“

David nickte nur noch, fingerte umständlich sein Notizbuch aus der Gesäßtasche und klappte es auf.

Er nannte Janet die Handynummer.

Sie tippte sie ein und ging ein Stück weiter vor auf den Platz.

Blacky meldete sich direkt nach dem zweiten Rufton.

„He“, sagte Janet. „Erinnerst du dich? Ist ’ne Zeit her, dass wir ’n paar geile Nächte hatten.“

„Wer spricht?“

„Dein Baby. Langbeinig, brünett und nachtblind. – Ich bin dir jetzt was schuldig.“

Sie hörte ihn lachen. Es war ein kurzes, heiseres Lachen.

„Baby Jane.“

„Janet“, korrigierte sie ihn. „Es ist über David gelaufen.“

„Von was reden wir?“

„Von seinem Deal“, sagte sie. „Wo kann ich dich treffen?“

„Ist der Bruder bei dir?“

„Du kriegst die Kohle direkt von mir.“

Blacky erwiderte nichts.

Janet ließ ihm nicht lange Zeit.

„Heute Abend“, sagte sie. „Im Bunkerclub. So gegen elf, okay?“

Blacky lachte wieder.

„Baby“, sagte er. „Baby, Baby, Baby – wie immer fest im Sattel. Aber okay. Geht klar. – Jetzt reich mir den Boy.“

Janet ging zum Tisch zurück.

„Er will noch mit dir sprechen“, sagte sie zu David und gab ihm das Handy.

David nahm es, räusperte sich.

„Mann, was soll der Scheiß?“, blaffte Blacky. „Ich denk, du warst mit diesem stinkreichen Typ im Geschäft. Was hängt sich die Kleine da rein?“

„Das ist … das war ’ne größere Party. Viele Leute.“

„Scheiß auf Party. Du bist mein Mann.“

„Ich … es tut mir leid. Ich hab … ich hab von dir gesprochen.“

„Du hast mit der Kleinen gefickt.“

David zog unwillkürlich den Kopf ein. Er wandte sich von Janet ab.

„Ja“, sagte er leise. „Ist so passiert.“

Blacky schnaubte. Deutlich vernehmbar zündete er sich eine Zigarette an, stieß den Rauch aus.

„Okay“, sagte er dann. „Sie steht auf schwarze Schwänze. Aber lass dich nicht total von ihr kirre machen. Ich brauch dich heute noch.“

„Ich muss zur Arbeit.“

„Ich hol dich ab“, sagte Blacky und kappte die Verbindung.

David nahm das Handy vom Ohr.

„Und?“, fragte Janet. „Was hat er gesagt?“

„Kannst du ihm wirklich das Geld geben?“

„Ich werds von Eloi zurückbekommen.“ Sie winkte der Bedienung, um Kaffee und Wasser zu zahlen. „Ich krieg schon noch raus, wo er abgeblieben ist …“

20

Mike steckte das Handy zurück in die Halterung. Er gab wieder mehr Gas.

„Klaus", sagte er zu Simone. „Er dreht allmählich durch."

Sie waren auf dem Weg zum Meridian, zu Simones dreimal wöchentlichem Fitnesstraining. Montags, mittwochs, freitags. Jeweils vier Stunden mit Sauna und Schwimmen. Von 13 bis 17 Uhr.

Simones Wagen war noch in der Inspektion, erst am späten Nachmittag fertig.

Sie wollte dann gleich raus aufs Land.

„Hm", machte sie. Mike verstand es als Frage.

„Er hört nichts von Bettina", sagte er. „Er erreicht sie nicht. Aber Elois Freundin taucht plötzlich bei ihm auf, erkundigt sich angeblich scheinheilig nach dem Jungen und düst dann mit einem Farbigen ab." Er setzte den Blinker und wechselte auf die linke Spur. „Mein Gott – jetzt glaubt er, hinter dem Kidnapping steckt der schwarze Bruder, den er vorige Tage beim Poker ausgemistet hat – verrückt, total verrückt!"

Ein Kombi scherte vor ihm aus.

Er musste kurz abbremsen, fluchte.

„Ras nicht so", sagte Simone. Sie saß kerzengerade auf ihrem Sitz. Angespannt, beide Hände auf den Knien.

Mike sah kurz zu ihr hin.

Sie erschien ihm von Mal zu Mal mehr abgemagert. Eine dünne und unscheinbar gewordene Person. Ungeschminkt, die strähnigen, strohblonden Haare zurückgekämmt und zusammengebunden.

Auf ihren Wangen zeichneten sich Pickel ab.

Sie hatte ihre Ernährung radikal umgestellt, ernährte sich seit Monaten fast ausschließlich von Gemüse und Obst.

Aber sie fickte nach wie vor wie der Teufel.

Inzwischen wohl auch in der seines Erachtens irrigen Annahme, dabei weitere Pfunde zu verlieren.

„Scheiße", sagte er.

„Mike, wir sind im Stadtverkehr – Fünfzig, bitte. Du fährst dermaßen aggressiv."

„Ich werd allmählich stinkig", erwiderte er. „Er will, dass ich mich auch noch darum kümmere."

„Wer? Um was?"

„Klaus. Um diesen Blacky. – Hörst du mir eigentlich zu? Verdammt noch mal, es geht um ihren Sohn! Um Eloi!"

„Nun schrei nicht so. Was soll ich dazu sagen? Es ist furchtbar, aber dafür ist eigentlich die Polizei zuständig."

„Ich hab dir erklärt, warum sie sie raushalten. Und ich verstehs. Ich war schließlich lange genug bei dem Verein, um zu wissen, dass das in der Regel voll in die Hose geht. – Aber du könntest schon ein bisschen mehr Anteilnahme zeigen." Er beschleunigte noch mehr, bog bei Gelb mit quietschenden Reifen in die

Quickborner ein. „Vielleicht auch ein Bedauern darüber, dass ich deshalb heute Abend voraussichtlich nicht zu dir rauskommen kann."

„Mike! Ich halt das nicht aus!"

Er schnaubte grimmig. Es waren nur noch wenige Meter bis zur Hochgarageneinfahrt.

Simone zeterte weiter, und Mike war kurz davor, zurückzuschreien.

Doch er unterließ es.

Er fand eine freie Parkbucht auf der zweiten Etage, schaltete den Motor aus und war blitzschnell an der Beifahrertür, reichte Simone die Hand.

„Ehrlich", sagte sie. „Das muss ich wirklich nicht haben. Meine Güte – ich hab ganz weiche Knie!"

Er half ihr mit einer entschuldigenden Geste auf die Beine, wartete, bis sie die Rückenlehne vorgeklappt hatte und im Fond nach ihrer Sporttasche griff.

Scheiß drauf, sagte er sich und riss ihr Sporthose und Slip herunter …

21

Mike ... Sie waren alle ein wenig durchgefroren. Auf dem Standesamt war die Heizung ausgefallen. Öffentlicher Dienst.

Mike kannte das.

Auf seiner Wache in der Budapester herrschten schon seit längerem chaotische Zustände. Die Räume nur sporadisch gereinigt, beschädigtes Mobiliar, abblätternde Wandfarbe, vorsintflutliche Computer, Materialmangel. Bei Schnee und Eis kein Streudienst vor dem Gebäude.

Ein Kollege war bei Dienstantritt auf der scheiß glatten Garagenzufahrt ausgerutscht. Oberschenkelhalsbruch.

Mike rieb sich die klammen Hände.

Steinfelds tattrige Haushälterin nahm ihnen Mäntel und Jacken ab, hievte die dicken Winterklamotten mühsam auf die Garderobenbügel.

Es war eine kleine Gesellschaft.

Die Trauzeugen, ein paar Jugendfreunde und Kollegen.

Keine Familienangehörigen. Nur Bettinas Vater.

Er saß bereits im Salon.

Er hustete. Er rauchte.

Sichtlich erschöpft verfolgte er, wie Klaus Champagner einschenkte und die Gläser herumreichte.

Das Brautpaar ließ sich noch einmal gratulieren.

Es dankte. Klaus dankte allen, die gekommen waren. Überschwänglich, aufgekratzt.

Er strahlte Bettina an.

Sie küssten sich. Sie tranken.

Klaus wechselte ein paar Worte mit Simone und Sven, mit Olaf und einem albern kichernden jungen Ding.

Er knuffte seine beiden Hochschulkollegen in die Rippen.

Er verbeugte sich leicht vor seiner Assistentin.

Bettina gesellte sich zu zwei Damen, die Mike nicht kannte.

Die eine war eine hochgewachsene Dunkelhaarige in einem vermutlich irrwitzig teuren Kostüm. Die andere war blond gelockt und ähnelte der Sharon Stone in „Total Recall".

Mike schätzte beide auf Anfang, Mitte vierzig.

Gepflegt, leicht gebräunt und sportlich.

„Klär mich auf", flüsterte er Klaus zu und nickte zu ihnen.

„Frau Holch und die Grünewald. Die Holch ist in der Firma Schwiegerpapas rechte Hand und die Blonde ist die Pressefrau. – Bettina wird auf sie angewiesen sein."

„Ah ja?"

„Ja – sie steigt schon nächsten Monat ein."

„Und der Lütte?"

„Au-pair-Mädchen. Und ich werd vorerst auf halbe Stelle gehen. Ich zieh ja hier ein."

„Heißt?“

„Keine Miete mehr, sonstige Kosten gleich Null – der Alte kommt für den gesamten Haushalt auf.“ Er grinste breit. „Alter, ich kann dir gar nicht sagen, wie happy ich bin.“

„Auch mit Bettina?“

„Was sonst? Natürlich. Du, sie ist … “ Er schwenkte sein Glas. „Es passt“, sagte er. „Es passt einfach. Wir sind bei allem überein. Ich werfe ihr nichts vor.“

Mike behielt die Dunkelhaarige im Blick.

Holch. Eigentlich nicht der von ihm bevorzugte Typ.

Aber eine offenbar einflussreiche Lady.

Sie war eine der Ersten, die sich bei Einbruch der Dunkelheit verabschiedete.

Mike schloss sich ihr an.

„Wohin müssen Sie?“, fragte er sie im Flur. Er half ihr in den Mantel. „Ich hab einen Wagen und ich hab nichts getrunken.“

Sie sah ihn an, checkte ihn unverhohlen ab.

„Danke“, sagte sie. „Aber ich habe es nicht weit.“

Mike lächelte.

„Wir hatten noch keine Gelegenheit“, sagte er. „Mike – ich bin ein Freund der Familie.“

„Ich weiß“, sagte sie.

Er öffnete ihr die Tür, blieb auf dem Weg zur Straße an ihrer Seite.

Ein eisiger Wind wehte. Er schlug den Mantelkragen hoch.

„Und was haben Sie sonst noch gehört?“

„Herr Steinfeld scheint Sie zu schätzen.“

„Das sollte reichen, Sie begleiten zu dürfen“, sagte er. Er sagte es und dachte, meine Fresse, was für ein Scheiß.

Sie lachte.

Sie blieb stehen und lachte.

„Gehen Sie nach Hause“, sagte sie und wischte sich über die Augen. „Versuchen Sie es wieder, wenn Sie sagen können, was Sie wirklich wollen.“

Sie verbat sich nur eins.

Er durfte sie nicht küssen.

„Und red mir nicht von Liebe“, fügte sie noch hinzu.

Er übernachtete nie bei ihr.

Sie wollte, dass er nur frühmorgens kam und schickte ihn nach einer Stunde wieder weg.

„Der Alte macht es nicht mehr lange“, sagte Klaus.

Er hatte sich mit Mike verabredet.

Sie saßen im hinteren Teil der Davidquelle, waren bei ihrem dritten Holsten.

„Wie ist es mit Chemo?“

„Verweigert er. Wir sind ziemlich hilflos.“

„Lässt er Besuch zu?“

„Seine Schwester hatte einen kurzen Auftritt. Endete mit einem Streit. Die Holch hat mir gesteckt, dass es um seine Nachfolge ging.“ Er nahm einen Schluck, zündete sich eine Zigarette an. „Fakt ist, dass Bettina den Laden übernimmt und die Holch Gesellschafterin werden soll."

Mike nickte nachdenklich.

„Das Problem ist", fuhr Klaus fort, „dass zwischen Bettina und der Holch die Chemie nicht stimmt."

„Inwiefern?"

„Kennt man doch. Da springt einfach nichts über. Ich glaub allerdings, da ist auch Eifersucht mit im Spiel.

„Eifersucht?"

„In Bezug auf den Alten." Er beugte sich vor. „Ich denke, der Alte hat seit Jahren ein Verhältnis mit der Holch, vögelt sie wahrscheinlich immer noch oder lässt sich einen blasen. Seit er nur noch zu Hause ist, kommt sie jedenfalls jeden Tag auf ein Stündchen. Okay, ich gönns ihm, aber Bettina …"

Mike zog sich nicht gleich aus.

Er blieb bei ihr am Bett stehen und sah auf sie herab.

„Ich will einen Job bei euch", sagte er. „Sicherheitsdienst, Werkschutz. Eine leitende Position."

Sie lachte wieder ihr verdammt herablassendes Lachen.

„Wie kommst du darauf?"

„Noch kannst du das deichseln."

„Das kann ich immer", sagte sie.

Er schüttelte den Kopf.

„Bring mich rein, bevor der Alte abkratzt. Bei Bettina wirst dus nicht mehr so einfach durchsetzen können."

„Hallo", sagte sie und richtete sich auf. „Sollte ich da was wissen?"

Noch vor Ende der Woche erhielt Mike eine mit einem lukrativen Angebot verbundene Anfrage, von Ernst Steinfeld persönlich unterzeichnet.

Er sagte zu, kündigte seinen Dienst bei der Polizei und machte erst einmal einen sechswöchigen Urlaub auf der Farm eines Freundes in Namibia.

Wie er vorhergesehen hatte, bootete Bettina nach dem Tod ihres Vater die Holch aus. Auch Mike beendete sein Verhältnis mit ihr.

Sie hatte eine hohe Abfindung kassiert und wurde in Frankfurt von einer schwedischen Bank als Anlageberaterin eingestellt.

Sie war nicht die Einzige, die gehen musste.

Bettina besetzte gleich mehrere Stellen neu, engagierte Finanzexperten und einen hochqualifizierten Marketingmanager. Mit ihrer Hilfe steigerte sie bereits im ersten Halbjahr den Umsatz des Familienunternehmens noch einmal erheblich.

Die Steinfeld AG ging an die Börse.

Bettina galt fortan als eine der erfolgreichsten Unternehmerinnen.

In der Presse war über sie zu lesen, dass sie ein

BWL-Studium und diverse Praktika in Amsterdam, Madrid und Barcelona absolviert hatte.

Privat vom Schicksal schwer gebeutelt.

Trennung von einem langjährigen Lebensgefährten.

Unfalltod der gemeinsamen Tochter.

Rückzug auf die Kanaren.

Neu liiert mit einem spanischen Geschäftsmann, von dem sie schwanger wurde. Er starb noch vor der Geburt des Kindes an einer Lungenentzündung.

„Fragt da niemand nach?“, wollte Mike wissen, als er mit Klaus nach dem Squash auf der Saunabank hockte.

„Gibt keinen Grund, und völlig gefakt ist es ja auch nicht.“

„Aber es gibt 'ne Menge Leute, die genau Bescheid wissen – angefangen bei unserer alten Clique.“

„Wer sollte daran Interesse haben? Sven kriegt dicke Werbeaufträge, Olli hechelt den Weibern nach …“

„Berni“, sagte Mike.

„Warum? Sag mir, warum der Arsch das Maul aufreißen sollte?“

„Gerade weil er ein Arsch ist. – Bettina leitet ein Top Unternehmen und Eloi ist vermutlich …“

„Ob er wirklich Elois Vater ist, müsste er erst einmal nachweisen. Aber selbst dann –“ Er streifte den Schweiß vom Körper, knetete seine Bauchfalten. „Dann erledigt Bettina das mit 'nem angemessenen Betrag. Das funktioniert immer.“

„Möglich“, sagte Mike und dachte an die Holch.

Es gab Tage, an denen er sie jetzt doch vermisste. Sie hatte es auf die harte Tour gemocht.

Scheiße aber auch.

Er wollte Klaus seine Erektion nicht sehen lassen, stand auf und schlang das Handtuch um die Hüften.

„Schon fertig?“, fragte Klaus.

„Ich muss pinkeln“, sagte Mike. „Sprich mal mit Bettina darüber. Ich bin sicher, das geht auf Dauer nicht gut …“

Niemand aber machte Bettinas wahre Geschichte öffentlich.

Selbst als sie später Gast in einigen Talkshows war, wurde sie lediglich zu aktuellen Wirtschaftsthemen und nur einmal nach ihrem Alltag als Unternehmerin, Ehefrau und Mutter befragt. Das war im Zusammenhang mit der Problematik berufstätiger Eltern und ihren sich allein überlassenen heranwachsenden Kindern.

Eloi war zu der Zeit fünfzehn und ging auf das Johanneum.

Und Klaus hatte inzwischen auch ein Büro in der Firma, war für die Datenverarbeitung zuständig. Für ihn ein easy Job.

Der Prinzgemahl.

Es war das Jahr, das nach einem Misstrauensvotum mit der Entlassung des Vorsitzenden der Bundesagentur für Arbeit Florian Gerster begonnen hatte und mit dem Rücktritt des CDU-Generalsekretärs Laurenz Meyer nach Vorwürfen über falsche Angaben zu Gehaltszahlungen seines früheren Arbeitsgebers RWE endete.

Es war das Jahr der bundesweiten Großdemonstrationen gegen den Abbau sozialer Leistungen und Hartz IV.

Es war das Jahr der Terroranschläge im Irak, Israel und Ägypten.

Nach offiziellen Angaben wurden dabei mindestens 3.500 Menschen getötet und fast ebenso viele verletzt. Und im Dezember verwüstete ein Tsunami weite Teile von Indien, Sri Lanka, Thailand und Indonesien. Nahe zu 230.000 Menschen kamen dabei ums Leben.

Kurz zuvor hatte Eloi Mike gebeten, ihn heimlich zu trainieren. Er war auf dem Schulweg angemacht und gedemütigt worden.

Sie trafen sich an der U-Bahn-Station Hagendeel und gingen zügig bis zum Niendorfer Gehege, legten kurze Sprints ein und liefen dann die große Runde.

Nach einer Atempause absolvierten sie Kniebeugen, Liegestütz und Situps. Sie stemmten schwere Steinbrocken, und Mike gab den Sparringspartner bei Elois ersten Boxrunden mit bloßen Fäusten. Er zeigte ihm auch, mit einem Knüppel zuzuschlagen. Erst an einem Baum, dann sollte er ihn damit angreifen.

„Das kann ich nicht“, sagte Eloi. „Wenn ich dir weh tu …“

„Das ist Sinn der Übung“, sagte Mike. „Los! Leg alle Kraft rein!“

Eloi verzog das Gesicht.

Schließlich aber versuchte er es.

Mike stoppte den Schlag, als fege er eine lästige Fliege beiseite, und riss Eloi den Stock aus der Hand.

„Das war Scheiße! Knapper und mit richtig Wut! Und dahin, wo ichs nicht erwarte."

„Du bist sowieso stärker."

„Klar, aber du sollst lernen, mich trotzdem außer Gefecht zu setzen."

Er nannte ihm die empfindlichen Körperstellen.

Allmählich überwand Eloi seine Hemmungen.

Er begriff, mit Knüppel oder Faust vorzutäuschen und gleichzeitig aus dem Stand zuzutreten.

An die Fußknöchel.

In die Eier.

Mike hob den Daumen.

„Wenn das sitzt, ist bei deinem Gegner erstmal Sense mit einem fröhlichen Fick." Kaum ausgesprochen, entschuldigte er sich.

„Wieso?", fragte Eloi.

„Deine Eltern rasten aus, wenn sie so was von dir hören."

„Ich darf aber schon Mädchen mit nach Hause bringen."

„Ach nee. Und?"

„Ma sagt nur, ich soll mich vorsehen. Sie hat mir auch Kondome besorgt."

Mike pfiff durch die Zähne.

„Dann ist ja was hängen geblieben", sagte er. Eloi sah ihn fragend an. Mike machte schnell eine flüchtige Geste. „Wir waren auch mal jung. – Was ist das für ein Mädchen?“

„Christine – sie ist neu in der Klasse. Ihr Vater war in Leipzig bei der Zeitung.“

„’Ne Ossi…“

„Sie ist echt nett.“

„Und? Wie ist der Stand?“

Eloi reckte sich.

„Wenn du es für dich behältst, wir haben schon.“

Mike betrachtete ihn nickend. In Elois Alter war er noch lange nicht soweit gewesen.

Ein Anflug von Neid überkam ihn.

„Okay“, sagte er und zog den kleinen Hartgummiball aus der Tasche. „Wir laufen zurück – fangen, werfen …!“

Sie waren beide gleichermaßen überrascht, als sie sich am Werktor begegneten. Simone kam aus dem Hauptgebäude. Mike unterhielt sich noch mit dem Pförtner.

„Dich habe ich ja eine Ewigkeit nicht mehr gesehen“, sagte sie.

Mike zögerte, ihr die Hand zu geben. Er fand es albern.

Sie stieß ihn leicht an die Brust. Kumpelhaft.

„Gehst du oder kommst du?“, fragte sie.

„Ich hab gleich Schicht.“

„Schade. – Ist das nicht ein irrer Sommertag? Ich will noch an die Elbe.“

„Und? Was machst du hier?“

„Ab nächste Woche Urlaubsvertretung. Ich war

gerade bei Bettina." Sie nahm ihn beiseite. „Sag mal, findest du nicht auch, dass sie schlecht aussieht? Ich meine, total gestresst, kein bisschen locker."

„Ich hab nicht so direkt mit ihr zu tun. – Vertretung, für wen?"

„Nichts Großartiges. Telefondienst, ein bisschen Schreibarbeit. Auf ihrer Etage. Da ist jemand krank geworden. Klaus hat mir den Tipp gegeben."

„Hat er mir gar nicht gesagt."

Sie lachte.

„Über was redet ihr eigentlich bei eurer Mittagsrunde?"

Er lachte auch.

„Über Frauen, Sex und wer mit wem."

„Na, super. Gut zu wissen, dass ich da offenbar ganz rausfalle. – Wir sehen uns", sagte sie und hob sich verabschiedend die Hand.

„Wir sehen uns", sagte auch er.

Er sah ihr nach, wie sie davonstöckelte.

Blond und selbstbewusst.

Auf hohen Hacken.

Flippiges H & M-Kleidchen, die Madonna Kollektion. Im letzten Jahr auf jeder zweiten scheiß Werbefläche …

22

„Das wars dann." Simone nahm ihre Trainingstasche und spuckte vor Mike aus. „Lass dich nie, nie wieder blicken!"

Sie ließ ihn stehen, ging zur 2. OG Tür.

Sie hatte sie noch nicht erreicht, als sie einknickte und stolperte.

Sie fing sich und drehte sich kurz zu ihm um.

„Hau ab!", schrie sie. „Hau endlich ab!"

„Ich mag den Jungen!", schrie er zurück. „Ich mag ihn eben, verstehst du?! Aber du hörst mir ja nicht mal zu!"

Sie erwiderte nichts.

Die Eisentür fiel hinter ihr ins Schloss.

Mike knallte die flache Hand aufs Wagendach.

Er bereute, ihr noch was nachgerufen zu haben. Vor allem aber, dass er ihr überhaupt von dem scheiß Kidnapping erzählt hatte.

Wütend auf sich selbst setzte er sich ans Steuer und fuhr die Hollywood Canteen gleich um die Ecke an.

Er bestellte eine große Cola und einen Elisabeth-Taylor-Burger, ging damit in den kleinen Garten und zwang sich, wieder ruhig zu werden.

Nachzudenken.

Klar zu denken.

Die Waffe fiel ihm ein. Die nicht registrierte Automatik, mit der er eigentlich Simone das Schießen hatte beibringen wollen.

Er hatte sie heute morgen ins Handschuhfach gelegt.

Mike sah auf die Uhr.

Es war kurz nach eins.

Zeit genug, um doch noch Klaus verrückter Vermutung nachzugehen.

„Es gibt Abende, da fühlst du dich hier wie in Venedig."

„Bitte?" Mike blickte irritiert.

Er war in Jimmys neuem Apartment in der Hafencity. Bis auf den Pokertisch, einigen Stühlen und einem riesigen, mattsilbernen Kühlschrank war noch nichts eingerichtet.

Jimmy verdrehte die Augen.

„Wann warst du in Venedig?", fragte Mike. „Meines Wissens bist du nie aus Hamburg rausgekommen."

„Ich seh diese Venedig-Krimis im Fernsehen. Völlig blödsinnige Stories, aber die Stadtbilder – ich sag dir, erleb nur mal einen Abend, wenn zwischen den Kränen über der Elbphilharmonie die Sonne untergeht. Schau auf das gleißende Wasser, sieh den umher schwebenden Möwen zu."

„Die Elbphilharmonie ist vorläufig noch ein scheiß Klotz."

„Ein Diamant", sagte Jimmy immer noch schwärmerisch, bevor er abrupt den Ton wechselte. „Das Gezeter über die steigenden Kosten geht mir auf den Sack."

„Steckst du da mit drin?"

„Das willst du nicht wissen."

Mike zuckte die Achseln, ging zu dem Kühlschrank und öffnete ihn.

Er war randvoll mit Bierdosen gefüllt.

Heineken.

„Okay", sagte er und ließ die Tür wieder zuschnappen. „Du hast Recht. Was kannst du mir über einen Schwarzen mit dem bezeichnenden Namen Blacky sagen?"

„Blacky." Jimmy kam zu Mike, zog die Kühlschranktür wieder auf, griff sich ein Dose und knackte sie. Er schleckte den hervorquellenden Schaum ab, nahm einen großen Schluck, „Was interessiert dich an Blacky? Du bist schon längst kein Bulle mehr – sehr zu meinem Bedauern übrigens. Was heute …"

„Er hat vorige Tage mit euch gezockt."

„Er hatte zufällig 'n Termin bei mir."

„Das allerdings will ich genau wissen."

Jimmy stellte sein Bier ab und zeigte Mike die bloßen Handflächen.

„Was mache ich, Mike? Ich manage. Ich manage dies, ich manage jenes, und Blacky – er hat ein Näschen für Qualität. Versteh mich nicht falsch. Ich rede von Stimmen, von gewaltigen Stimmen. Er hat drei Soul Sisters an der Hand, die ich in die Charts bringen will. Darum gings. Er stemmt das nicht, keine Chance. Ich überlege, ihm ein Angebot zu machen. Also – was willst du von ihm?"

„Mit ihm reden", sagte Mike und ließ sacken, was er gehört hatte …

23

Bettina fuhr kurz vor Hamburg auf einen Rastplatz.

Sie hielt bei dem Toilettenhäuschen, ging pinkeln, wusch sich die Hände und befeuchtete Augenlider, Stirn und Schläfen. Wieder draußen machte sie ein paar Schritte und rief dann Hardy an.

„Ich bins", sagte sie. „Hast du einen Moment Zeit?"

„Ich hab die Düsseldorfer hier. Sie sehen sich gerade das Chalet an."

„Wann passt es dir?"

„Warte", sagte er. „Ich ruf dich gleich zurück."

Zwei Minuten vergingen und noch eine weitere, bevor er sich meldete.

„Bettina", sagte er. Besorgnis lag in seiner Stimme. „Wie geht es dir?"

„Ich habe das Geld beschafft. Es war nicht leicht. Ich musste mir einiges anhören."

„Bei der Bank?"

„Von meiner Tante. Aber gut. Wir wollten nie über unsere Angehörigen sprechen und ich will auch jetzt nicht damit anfangen. – Ich möchte dich sehen, sobald ich Eloi zurück habe."

„Das ist … glaubst du nicht, dass du danach … dass ihr dann erst einmal Zeit braucht?"

„Ich muss einiges loswerden. Diese Geschichte wühlt viel in mir auf."

Er schwieg.

Bettina wartete.

Es war heiß. Die Sonne stand hoch am Himmel. Der Himmel war wolkenlos. Sie hörte die auf der Autobahn vorbeirasenden Wagen.

„Gut", sagte er schließlich. „Ich denke, das lässt sich machen. Aber dein Sohn sollte Vorrang haben."

„Die Leute bekommen ihr Geld."

„Ich meine – Bettina, es kann immer noch was passieren. Ich will dir keine Angst machen, nur – man hört doch oft genug, dass Entführer sich nicht an Vereinbarungen halten."

„Dazu werde ich ihnen keinen Anlass geben. Ich gehe auf alles ein."

Er schwieg wieder.

„Hardy", sagte sie. „Überleg bitte, wo wir uns morgen oder übermorgen treffen können. Ich kann auch zu dir in die Schweiz kommen."

Er antwortete auch jetzt nicht.

Sie hörte eine Tür klappen.

Sie hörte Verkehrsgeräusche. Ein Tuten … dann war die Leitung tot.

Bettina wählte gleich wieder neu.

Sie bekam keine Verbindung mehr.

Als sie zwanzig Minuten später den Wohnraum ihres Hauses betrat, legte Klaus gerade sein Handy aus der Hand.

„Wer war das?", fragte sie und stellte die schwere Leinentasche ab.

„Bettina, hast du …?"
„Mit wem hast du telefoniert?"
„Ich … mein Gott, ich hab ständig versucht, dich zu erreichen. Hast du es geschafft?"
„Lüg nicht. Lüg mich jetzt bitte nicht an."
„Bettina, das …" Er sah auf die Tasche, wischte sich den Schweiß von der Stirn. „Ich hab mir Sorgen gemacht. Ist das das Geld?"
„Klaus …!"
Er seufzte.
„Diese Janet", sagte er. „Das war noch mal Janet. Sie war hier. Sie wollte Eloi sprechen."
„Was hast du ihr gesagt?"
„Ja, was zum Teufel soll ich ihr gesagt haben?" Er wurde laut. „Ich hab ihr was vorgeflunkert. Aber sie gibt keine Ruhe."
„Klaus – bitte."
Klaus zündete sich fahrig eine Zigarette an.
Bettina sagte nichts dazu, und Klaus erzählte ihr, wie er Janet abgewimmelt hatte.
Bettina überlegte nicht lange. Sie streckte die Hand aus.
„Gib mir das Handy", sagte sie. „Ich rede mit ihr."
Klaus ließ die Schultern sacken. Er blickte zu Boden.

24

Auf dem Display: Klaus.

Noch einmal Klaus.

Mike schüttelte den Kopf. Er drückte den Anruf weg.

„Sorry“, sagte er zu der Soul Sister.

Er hatte die angeblich saustarke Röhre auf Jimmys Tipp hin in dem Altonaer Plattenladen aufgespürt.

Diana. Ein rattenscharfes Teil.

Er hatte sie zu einem Kaffee eingeladen, gleich nebenan. Im Freien.

Und nahm nun aus den Augenwinkeln wahr, dass so ziemlich jeder vorbeischlappende Idiot sie angaffte.

Sie schien es gewohnt zu sein, blieb voll auf ihn konzentriert.

Das gefiel ihm.

„Du würdest also 'n Demotape mit uns produzieren“, nahm sie den Faden wieder auf. „Wie ist der Deal?“

„Wir machen einen korrekten Vertrag.“

„Das sowieso. Aber warum kommst du damit zu mir?“

Mike lächelte ein einschmeichelndes Lächeln.

„Blacky“, sagte er dann. „Blacky gefällt uns nicht. Er ist der Typ, der nur Ärger macht.“

Diana nickte.

Ihre Miene verhärtete sich.

„Dafür ist er bekannt."

„Außerdem kaufen wir ihm nicht ab, dass er kohlemäßig überhaupt in der Lage ist, ein Studio anzumieten."

Sie zuckte die Achseln, betrachtete kurz ihre goldgesprenkelten Nails.

„Völlig ausschließen kann mans nicht", sagte sie. „Jedenfalls – er mischt überall groß mit."

Mike sah sie offen an.

„Machen wirs kurz", sagte er. „Ich kann dir nur raten, dich von ihm zu trennen. Besser heute, als morgen. – Wenn du willst, kann ich das regeln."

Sie schüttelte den Kopf. Nicht entschieden genug.

Mike redete weiter.

„Ich zahl ihm eine angemessene Summe, als Ablöse sozusagen – cash, bar auf die Hand. Sag mir, wo ich ihn treffen kann und schon sind wir, Diana, schon sind wir im Geschäft …"

25

„Mike“, sagte Bettina. „Du hast mit Mike gesprochen!“ Sie warf das Handy auf die Couch, zwang sich, nicht auszurasten. Sie ging zur Terrassentür und schloss sie.

Klaus haspelte eine Entschuldigung, wollte erklären.

Sie schnitt ihm das Wort ab.

„Egal, inwieweit du ihn eingeweiht hast – du bringst das in Ordnung. Er hält sich raus. Sonst kann er sich noch heute einen neuen Job suchen.“

„Bettina – bitte. Sei doch vernünftig. Es tut mir leid, aber Mike …“

„Schenk dir deine Beteuerungen.“

„Bettina“, setzte er neu an.

„Ich will nichts mehr hören“, sagte sie. „Lass mich allein.“

Klaus ließ die Schultern sacken. Er blieb unschlüssig stehen.

Er schwitzte noch mehr als ohnehin schon. Der Schweiß tropfte von seiner Stirn, rann ihm über Brust und Rücken.

Bettina wies zur Tür.

„Geh! Ruf deinen Kumpel an!“

Sie wandte sich von ihm ab. Konnte und wollte ihn nicht mehr sehen.

Hardys Worte kamen ihr in den Sinn … es kann immer noch was passieren …

Es war bereits passiert.
Mike wusste Bescheid.
Und Janet war aufgetaucht.
Bettina registrierte, dass Klaus zu ihr herantappte.
Sie schnellte herum und schrie ihn an …

26

Bettina ... Bettina setzte sich zu ihrem Vater auf die Terrasse. Gerda servierte ihnen Eistee mit frischer Minze und zog sich wieder zurück. Steinfeld klappte sein Zigarettenetuie auf, bot Bettina eine an.

Sie bediente sich. Ihr Vater gab ihr Feuer.

„Warum bringst du nicht mal Myriam mit?“, fragte er. „Sie kann hier wunderbar spielen, und ich würde mich freuen. Sehr freuen.“

Bettina blickte über die Wiese zum Alsterlauf hin.

Am Steg war das Ruderboot vertäut.

Sie dachte daran, wie Simone auf den bemoosten Holzplanken ausgeglitten war und sie mit ins Wasser gerissen hatte. Vierzehn oder fünfzehn waren sie gewesen. Gute Schwimmerinnen.

Myriam war acht und hatte nie richtig Schwimmen gelernt. Hatte es nicht lernen wollen.

Bettina nahm noch einen Zug.

„Ich muss mit dir reden“, sagte sie. „Warum lässt du mich bespitzeln?“

„Bespitzeln?“ Er blickte sie kopfschüttelnd an. „Was soll das?“

„Genau – was bezweckst du damit?“

„Ich weiß nicht, wie du dazu kommst.“

„Du hast mich schon einmal von Mike ausspionieren lassen.“

„Mike“, schnaubte er.

„Ja, Mike“, sagte sie. „Er lungert vor dem Haus herum, er hängt sich an uns, wenn ich Myriam zur Schule bringe, ich seh ihn beim Einkaufen und, und, und. Erzähl mir nicht, dass das ein Zufall ist.“

Ihr Vater blickte ausdruckslos auf einen imaginären Punkt.

Rauchte.

Bettina schlug heftig auf die Stuhllehne.

„Was willst du wissen? Frag mich! Du kannst mich alles fragen!“

„Ich gebe keine dich betreffenden Aufträge“, sagte er. „Wenn du das glaubst, enttäuschst du mich maßlos.“

Bettina lachte.

Sie musste lachen. Es war ein bitteres und auch höhnisches Lachen.

„Soweit ich zurückdenken kann, hast du mich kontrolliert. Immer schon. Warum bin ich wohl in Amsterdam geblieben? Wegen der Liebe? Wegen Wilm?“ Sie lachte wieder. „Das war schon während der Schwangerschaft nur noch Stress. – Nein, ich wollte nicht mehr hierher zurück, nicht mehr in dieses Haus …“

„Das habe ich auch nie von dir verlangt.“

„Dein herrisches Gehabe, deine Kontrollen – Ma ist daran zugrunde gegangen, und ich …“

Steinfeld sprang impulsiv auf.

Gläser klirrten. Er ließ seine Zigarette zu Boden fallen, hob drohend die Hand.

„Red du nicht von deiner Mutter!“ Er riss sich wieder zusammen, zeigte auf sie. „Du, du allein hast ihr das Herz gebrochen! Du mit deinen Heimlichkeiten, mit deinen ständigen Lügen. Man wusste nie, woran man bei dir war. Das, nur das hat sie betrübt und … und depressiv werden lassen!"

„Ha!" Auch Bettina stand jetzt auf. „Mach dir doch nichts vor. Du hast Ma nie verstanden. Nie gesehen, wie sie gelitten hat. Und von mir verstehst du erst recht nichts …"

Sie hockte auf der Toilette, blickte auf das Schlüsselloch. Es weitete sich, wurde zu einem Auge, in dem sie sich spiegelte. Sie wollte die Hand drauflegen, es abdecken, und musste feststellen, dass ihre Handgelenke mit Ketten ans Bett gefesselt waren …

Sie schreckte hoch.

Berni lag neben ihr. Sein Mund war leicht geöffnet.

Er atmete ruhig.

Leise erhob sie sich von der Matratze und ging nach nebenan zu der auch noch fest schlafenden Myriam. Sie betrachtete sie wehmütig. Ihr war, als sehe sie sich in ihr. In kindlicher Unschuld …

Über Weihnachten und Neujahr fuhr sie mit Myriam und Berni nach Dänemark. Freunde von Bernd hatten ein Ferienhaus am Hennestrand gemietet. Bettina verstand sich gut mit ihnen. Sie hatte eine unbeschwerte Zeit.

Zurück in Hamburg begegnete ihr Sven im Schanzenviertel.

Er hatte sich leerstehende Büroräume angesehen.

„Ich hab eine eigene Werbeagentur gegründet", erzählte er. „Ich muss sie ans Laufen kriegen, sonst sagt Simone nie ja."

„Ja? Zu was?"

„Heirat, Familie. Da ist sie knallhart. No money, no honey. – Na ja, in der Hinsicht hast du es ja besser."

Bettina verstand nicht.

Sven fasste sie am Arm.

„Ich lad dich zu einem Kaffee ein", sagte er. „Interessiert mich sowieso mal, warum du dich ausgerechnet an Berni gehängt hast, an diesen Loser."

Sie wollte erst nicht, gab dann aber nach.

Sie gingen in das nächstliegende Café.

Nachdem Sven bestellt hatte, sah er sie abwartend an.

„Ich weiß nicht, was du hören willst", begann Bettina. „Ich mag Berni. Er lässt mich, wie ich bin. Er schränkt mich in keiner Weise ein. Und vor allem, er kann gut mit Myriam."

„Hm", machte Sven. „Hätt ich nicht von ihm gedacht. – Und sonst?"

„Ist das nicht genug?"

„Ich mein, habt ihr Pläne? Soviel ich weiß, nimmst du ja keine Unterstützung von deinem Alten an."

„Von wem hast du das?"

„Hat sich rumgesprochen."

„Mike?", fragte sie.

Sven räusperte sich.

„Simone hats von Olaf gehört. Olaf – na ja, er wusste schon immer über alles Bescheid." Er zuckte die Achseln, zögerte einen Moment. „Klaus ist mit seiner Schwester zusammen, mit Britta", sagte er dann. „Ist aber offenbar nichts Ernstes."

„Das tät ihm aber gut", sagte Bettina. Sie versuchte, sich an Olafs Schwester zu erinnern. Doch das Bild blieb verschwommen. Britta war ein oder zwei Klassen unter ihr gewesen.

Sven machte ein etwas betrübtes Gesicht.

„Du hast gar keinen Kontakt mit ihm?", fragte er.

„Ich seh keinen Grund, ihm nachzulaufen."

Es kam ihr ungewollt schroff über die Lippen.

„Mensch, Bettina", sagte Sven. „Nach so vielen Jahren – man kann doch miteinander reden."

„Wenn er will – bitte. Ich bin erreichbar. Aber was solls? Er hat nie mehr was von sich hören lassen. Und ich war nun wirklich nicht aus der Welt."

Sie trank ihren Kaffee aus und sah nach der Bedienung.

„Okay", sagte Sven. „Zur Einweihung der neuen Räume geb ich 'ne kleine Party. Vielleicht ergibt sich ja dann die Gelegenheit …"

Bernd kauerte im Hauseingang, die Latzhose verdreckt und eingerissen, das linke Auge geschwollen, den linken Arm angewinkelt, mit der rechten Hand haltend.

Bettina ließ die Einkaufstüten sinken und beugte sich zu ihm.

„Berni – was ist passiert?"

Er mühte sich ein Lächeln ab.

„Knüppelattacke", sagte er. „Hast du da nichts von mitgekriegt, gestern Mittag, Heiligengeistfeld?" Er ließ sich von ihr auf die Beine helfen. „Ich bin da zufällig reingeraten, in diese Demo, saß bis vorhin in der Zelle – Ingewahrsamnahme. – Ah … Scheiße!"

„Dein Arm …?"

„Die Bullen haben uns eingekesselt und …" Er stützte sich an ihr ab. „Mike", sagte er. „Das hat mir Mike verpasst."

Sie sah ihn entgeistert an.

Mike. Von Mike verprügelt.

Ihre Gedanken rasten.

Sie konnte es nicht fassen.

Während Berni im Bad war, kochte sie Kaffee und stellte hastig etwas zu essen hin. Sie stieß das Fenster weit auf, atmete tief durch.

Wartete.

Mike. Immer wieder Mike.

Berni kam mit um die Hüften geschlungenem Badetuch zu ihr in die Küche. Am Oberarm ein Handflächen großes Hämatom und auch noch weitere Schwellungen am Körper.

„Sieht nicht gut aus, was?", sagte er.

„Das ist … du musst zum Arzt", sagte Bettina. „Wenn was gebrochen ist oder …"

„Ja – obwohl … mir gehts schon wesentlich besser. Ich hab Kohldampf ohne Ende."

Er setzte sich an den Tisch.

Nach und nach erzählte er dann, was ihm widerfahren war.

Er hatte die Nacht zum Sonntag mit Kommilitonen der Kunsthochschule im La Paloma verbracht.

Irre Kontakte. Von tollen Aktionen und Aussteigerprojekten gehört.

Frühmorgens dann auf den Fischmarkt, das Hirn ausgelüftet.

Den Heimweg angetreten und …

„Das war 'n Protest gegen den Stopp der Demonstration nach Brokdorf, total friedlich", sagte er. „Aber die Bullen haben uns plötzlich von allen Seiten umringt, da gabs kein Durchkommen mehr. Ich habs versucht und … und seh Mike vor mir, in voller Montur. Ich … ich Idiot, ich quatsch ihn noch an, was das soll und dass ich nur nach Hause will und – Zack, fang ich mir schon den ersten Schlag ein. Und er knüppelt weiter, auch noch, als ich zusammenbrech, ehrlich. Und weißt du, was das Schwein, was unser alter Schulfreund, was der mir dann noch zugezischt hat?"

„Mein Gott", sagte Bettina nur. „Mein Gott …"

„Das sei für meine blöde Fickerei, 'n kleiner Denkzettel, und er behält mich weiter im Auge. – Wie kommt dieser Arsch dazu?!"

„Das … das hat er gesagt?"

„Genau so." Berni nickte bekräftigend. „Was weiß der denn von mir? Mensch, ich hab ihn seit Jahren nicht mehr gesehen! Hat er was mit dir …?"

Nachdem sie sich zuvor auf einen lockeren Kontakt beschränkt hatten, nächtigte Bernd nun regelmäßig in Bettinas erster eigenen Wohnung im Schulterblatt.

Es waren zwei gegenüberliegende Zimmer, Küche und Toilette mit Duschkabine. Das kleinere Zimmer war Myriams, das mit Blick auf die Kreuzung Altonaerstraße hatte Bettina als ihr Wohn– und Schlafzimmer eingerichtet. Die Einrichtung bestand aus zwei aufklappbaren Matratzen, einer aufgebockten Tischplatte, drei unterschiedlichen Stühlen und einem Großmuttersessel, den ihr ein „Mieter helfen Mieter"-Kollege überlassen hatte.

Bettina arbeitete halbtags in dem Verein, als Schreibkraft und Mädchen für alles, wie es hieß.

Sie war jetzt neunundzwanzig, ledige Mutter einer neunjährigen Tochter, die im nächsten Jahr die Grundschule absolviert haben würde.

Und das sollte in mehrfacher Hinsicht ein entscheidendes Jahr werden.

Es war ein Bundestagswahljahr.

Die CDU/CSU erhielten 44,3 % der Wählerstimmen, die SPD 37,0 %, die FDP 9,1% und die Grünen 8,3 %.

Eine Schwarz-Gelbe Regierungskoalition wurde gebildet.

Helmut Kohl blieb Bundeskanzler.

Es war die letzte Wahl vor der Deutschen Wiedervereinigung, was aber niemand auch nur ahnte.

Bettina schon gar nicht.

Am Vorabend ihres 30. Geburtstags überraschte Berni sie mit dem Geständnis, dass er bereits seit einiger

Zeit an den Treffen einer Selbsterfahrungsgruppe teilnehme, die von einem Wiener Psychologen geleitet werde.

Er hockte ihr im Schneidersitz gegenüber und baute einen Joint.

„Ich habe einfach gemerkt, dass ich mit mir und meinen Gefühlen nicht klarkomme", sagte er. „Weißt du, mein Vater – ich hab dir ja nie richtig von ihm erzählt – mein Vater steckt so was von in mir, eigentlich bei allem, was ich tu. Der hat mir ständig gepredigt, dass ich mir nehmen muss, was ich haben will – ohne Rücksicht auf andere, ohne jeden Skrupel. Und er hats mir bis zum Erbrechen vorexerziert, ehrlich, ich hab oft kotzen müssen, wenn ich gesehen hab, wie er sich einen Imbiss nach dem anderen unter den Nagel gerissen hat – also, dass sie nur noch von ihm mit Fleisch und Würsten beliefert werden. Der Schaschlik-Günther! Der große Zampano!"

Er schnaubte abfällig und rauchte den Joint an, inhalierte tief.

Bettina nahm einen Schluck Wein.

„Du hast doch schon lange nichts mehr mit ihm am Hut", sagte sie. „Du bist doch auch gleich nach dem Abi von zuhause weg."

„Aber was hab ich gemacht, Bettina? Ich bin zum Schein auf die Kunsthochschule und hab in Wirklichkeit bei Haushaltsauflösungen die Leute knallhart abgezockt. Und dann die ganze Dealerei – nee, nee, das ist genau die Struktur von meinem Alten. Vor allem bei … bei meiner total verkorksten Sexualität."

„Nun hör aber auf", sagte Bettina.

„Nein, ehrlich – du, jedes Mal, wenn wir vögeln, glaub ich, dir beweisen zu müssen, dass es allein nach mir geht …"

„Blödsinn."

„Ich muss dominieren. Das ist die scheiß Rolle, in die mich mein Vater gepresst hat. Die Weiber niederknüppeln – was glaubst du, wie oft ich das von ihm gehört hab? Das hab ich total verinnerlicht."

„Also ich hab nicht das Gefühl, dass du hier der Macker bist."

Berni rieb sich die Stirn.

Er zögerte.

„Na ja", sagte er dann. „Vielleicht … vielleicht bedingt sich das ja auch."

„Was jetzt?"

„Dass du mehr der Typ bist, der sich … sich unterordnet. Der sich fügt."

Bettina lachte. Sie lachte völlig gelöst. Heiter.

„Komm, gib mir 'n Zug", sagte sie. „Das ist echt abgedreht."

Berni reichte ihr den Joint.

Sah ihr zu, wie sie daran saugte. Den Kopf in den Nacken legte.

Sah, wie ihre Brüste sich hoben und senkten.

„Dann sag doch mal, wie es für dich ist. Was du empfindest, wenn ich so tierisch geil auf dich bin."

„Find ich super", sagte sie und lachte wieder. „Nee, im Ernst. Damit hab ich null Probleme."

„Ich hab echt Schiss, dir zu sagen, was da manchmal bei mir abgeht. Das ist … das geht so weit, dass ich … dass ich dich echt alle machen will. Und dabei … dafür schäm ich mich dann."

Sie gab ihm den Joint zurück, sah auf die Uhr und stand auf.

„Ich hab Myriam versprochen, sie um zwölf zu wecken", sagte sie. Sie beugte sich zu ihm und küsste ihn auf die Stirn. „Du musst dich für nichts schämen. Es ist voll okay mit dir. Das Einzige, was ich mir wünsche, ist, dass wir den Sommer irgendwo im Süden verbringen."

Berni lächelte geheimnisvoll.

„Was hältst du von den Kanaren?", sagte er. „Ich hab da in der Gruppe 'nen Kontakt …"

Die Band nannte sich Amstel Boots. Sie spielte eine fetzige Version des Creedence Clearwater-Hits „The Midnight Special". Der Bassist war ein glatzköpfiger Hüne mit einem stattlichen Bierbauch.

Bettina machte sich ihm bemerkbar.

Sie hatte sich bis zum Bühnenrand vorgedrängt, trug ihre bestickten Jeans und ein Spaghettiträger Top.

Es war der Ostermontag. Es war drei Uhr nachts, und das Chikago am Hans Albers Platz war proppevoll.

Der Glatzkopf schien Bettina zu erkennen. Er lieferte ein sattes Solo ab und stieß nach dem letzten Akkord der Band die Faust in die Höhe.

Der Leadgitarrist und Sänger kündigte eine kleine Pause an.

Er verschwand mit dem zweiten Gitarrist und dem Drummer hinter der Bühne. Der glatzköpfige Hüne stieg zu Bettina herunter.

Er schloss sie in seine Arme und küsste sie auf beide Wangen.

„Mensch, Tina, wie isset?"

Er hatte noch immer den breiten Ruhrpott Slang drauf, obwohl er schon seit einer Ewigkeit in Amsterdam lebte, zu Bettinas Zeit Tontechniker im Paradiso gewesen war. Mit Ambitionen, eine eigene Gruppe zu gründen. Solider Rock. Back to the roots.

Hatte hingehauen.

„Super, Hugo", sagte sie. „Super. Ich hab zufällig gelesen, dass ihr hier 'n Gig habt."

„Jau", meinte er. „Is'n echter Knaller. 'n Wichs an Kohle, aber Hamburg bringts." Er nickte sie mit sich zum Tresen. Orderte zwei Halbe. „Biste noch mit Wilm in Kontakt?"

„Er schreibt gelegentlich 'ne Karte."

„Drückt er auch was ab? Für die Lütte?"

„Ich will kein Geld von ihm", sagte Bettina. „Das war klar zwischen uns. Er hatte ja auch nichts."

„Haben aber jetzt 'n Vertrag – die Golden Nails. Solln auch 'ne Tour durch die Staaten in Aussicht haben." Er hob seinen Bierkrug, stieß mit Bettina an. Nahm einen Riesenschluck. „Und wat läuft sonst?", fragte er dann. „Hasse 'n neuen Kerl?"

Bettina kam nicht dazu, ihm darauf zu antworten.

Sie sah Mike am Ende des Tresens.

Sonny Crockett Outfit. Miami Vice Look.

Er hob grüßend die Hand, lächelte breit.

Für einen Moment dachte sie daran, ihn einfach zu ignorieren. Aber das war ihr dann doch zu blöd. Sie war stinksauer.

„Ich seh da gerade 'n Bekannten", sagte sie zu Hugo. „Ihr macht ja noch 'n Set. Wir trinken dann später noch einen."

„Klaro."

Sie gaben sich ein lockeres High Five.

Bettina ließ ihr Glas stehen und schlängelte sich zu Mike durch.

Er verstärkte sein Lächeln.

„Na?", sagte er. „Ein Date mit alten Kumpeln?"

„Geht das schon wieder los?", sagte sie. „Was willst du mir noch alles stecken?"

Mike hob abwehrend die Hand.

„He, he", sagte er. „Keine Paranoia."

„Das ist echt zum Kotzen."

„He", wiederholte er. „Wir sollten mal in Ruhe quatschen. Ich hab nichts auf dem Zettel."

„Quatschen? Über was sollten wir schon reden?"

„Du hast 'n völlig falsches Bild von mir. Okay, damals in Amsterdam –"

Er unterbrach sich, nickte zwei Typen zu, die aus dem Nebenraum kamen. Bettina konnte einige Karten spielende Männer sehen.

Geldbündel auf dem Tisch. Flaschen, Gläser.

Dicke Rauchschwaden hingen in der Luft.

Mike verstellte ihr den Blick.

„Gib mir 'ne Chance", sagte er …

Sie kam um kurz vor acht in ihre Wohnung zurück.

Berni saß mit Myriam am Frühstückstisch. Er sah sie fragend an.

Bettina strich ihm leicht übers Haar und gab Myriam einen Kuss.

Dann ging sie ins Bad.

Sie schloss hinter sich ab, lehnte sich mit dem Rücken an die Tür und schluchzte verzweifelt.

Urplötzlich stieg Übelkeit in ihr auf.

Sie stürzte zum Klo und übergab sich.

Sie hatte kalten Schweiß auf der Stirn, würgte noch einige Male.

Schließlich schaffte sie es, sich wieder aufzurichten und sich auszuziehen.

Sie stopfte die Klamotten in die Waschmaschine, stieg unter die Dusche, seifte sich ein und rieb und rieb und rieb ihren Körper ab …

Weg, ich muss hier weg, dachte sie. Raus aus Hamburg …

27

Es klingelte.

Bettina war schnell an der Tür. Sie öffnete.

Ein mit kurzärmeligem Hemd und dreiviertellanger, grauer Freizeithose bekleideter Mann stand vor ihr. Rotgesichtig. Asthmatisch keuchend.

„Steinfeld?“, fragte er.

Bettina nickte nur. Sie war immer noch wütend.

Wütend und zutiefst enttäuscht.

Der Mann reichte ihr einen Trolley. Standard, schwarz. Ein 50-mal-70-Teil. Der Mann blickte auf seinen Zettel.

„Mit Gruß von Elo-i“, sagte er. „Die Tour ist bezahlt.“

„Von wem?“, fragte Bettina impulsiv.

„Hat mir nur den Namen aufgeschrieben und die Adresse genannt. Vorm Riverside.“

Bettina sah erst jetzt das auf der Straße parkende Taxi.

Ein 211-211er.

„Danke“, sagte sie und wollte die Tür schon wieder schließen, entschied sich dann aber doch anders. „Warten Sie.“

Sie holte ihr Portemonnaie und drückte dem Mann einen Fünfziger in die Hand. Er war dermaßen verblüfft, dass sein Keuchen augenblicklich aussetzte.

„Eine Frage", sagte sie. „Dieser Kunde – würden Sie ihn mir beschreiben?"

„Tja."

„Ja?"

„Tja – das war so'n eher schmaler Typ, sah gut aus. Elegant. Schien Hotelgast zu sein. – Sagen Sie, ist da was nicht in Ordnung?"

„Nein, nein, ich hab nur überlegt. Aber ich glaub, ich weiß es jetzt. – Danke", sagte sie noch einmal. „Ich werd mich gleich bei ihm bedanken."

Der Taxifahrer beäugte wieder den Schein, steckte ihn schließlich ein und nickte verabschiedend.

„Denn 'n schönen Tag noch", sagte er und trottete zurück zu seinem Wagen.

Bettina hob den Trolley an. Schüttelte ihn.

Etwas in ihm rutschte, schlug irgendwo an.

Sie öffnete den Koffer und entdeckte ein schlichtes Handy.

Sie nahm es.

Es war eingeschaltet, die Uhrzeit war angezeigt.

15:37 Uhr.

Sie betrachtete es noch, als ein Vibrationston einen Anruf signalisierte. Nur Nullen auf dem Display.

„Ja?", meldete sie.

„Sie haben unsere Lieferung erhalten", hörte sie. Die Stimme klang verzerrt, aber es war der Mann, der auch gestern angerufen hatte.

Erst gestern Abend, und doch war ihr, als sei es vor einer Ewigkeit gewesen.

„Eloi“, sagte sie. „Wie geht es Eloi? Ich will ihn sprechen.“

„Haben Sie das Geld?“

„Ja, aber …“

„Packen Sie es in den Koffer. Keine Wanzen, keine Tricks …“

„Ich will Eloi hören“, unterbrach sie ihn. „Vorher tue ich gar nichts.“

Sie war über sich selbst verwundert. Dass sie so klar und entschieden reagierte. Nicht in Panik geriet.

Der Anrufer schwieg.

Sie drückte das Handy fester ans Ohr, ging weiter vor in den Wohnraum. Sah Klaus, der aus seinem Zimmer gekommen war und ansetzte, etwas zu sagen.

Sie stoppte ihn mit einer warnenden Geste.

„Ma“, hörte sie plötzlich. „Ich bin okay. Ich …“

„Das reicht.“ Wieder der Mann. „Das Geld in den Koffer. Um fünf U-Bahn-Station Hudtwalckerstraße. Wir melden uns dann auf diesem Handy und – kommen Sie allein.“

Die Verbindung brach ab.

Bettina presste die Lippen aufeinander.

Es war 15:39 Uhr.

Helles Sonnenlicht durchflutete den Raum. Er erschien ihr mit einem Mal unwirklich, und wie durch Watte hallte Elois Stimme in ihr nach … ich bin okay … ich bin okay …

28

Nachdem sie David, der nicht direkt beim Chinesen abgesetzt werden wollte, an der Kleinen Freiheit hatte aussteigen lassen, steuerte Janet die nächste HASPA -Filiale an.

Ihr Konto wies überraschenderweise ein Guthaben von 870,63 Euro auf. Ihre Mutter hatte 300 Euro mit dem Vermerk Reise Gomera überwiesen.

Janet war gerührt. Verspürte gleichzeitig aber einen Anflug von Wehmut.

Aus dem Urlaub mit Eloi würde vermutlich nichts werden. Und das nicht, weil er plötzlich nicht mehr erreichbar war.

Auf einem Familienfest!

Der Witz des Jahres.

Nein.

Rückblickend war er von Anfang an nicht sonderlich begeistert gewesen. Zu mühselige Anreise. Zu aufwendig für die paar Wochen vor seinem Praktikum in London.

Doch er hatte es erst einmal offen gelassen … klar, deine Cousine ist voll begeistert, bleibt schon zum dritten Mal den ganzen Sommer über auf der Insel, du willst sehen, ob das auch was für dich ist, freie Unterkunft und Verpflegung für täglich ein paar Stunden Arbeit in der Anlage …

Das konnte er verstehen.

Endgültig entschieden aber hatte er sich nicht.

Stattdessen war er dieser Schlampe hinterher gehechelt …

Idiotisch!

Die totale Idiotie!

Janet ging zum Servicetresen, legte ihre Karte vor und bat um die Auszahlung von 1.000 Euro.

Es dauerte eine Weile, bis ihr Dispo überprüft, ihre Perso-Nummer notiert und der Beleg ausgefüllt war. Als sie unterschreiben sollte, zögerte sie.

Warum zum Teufel tat sie das eigentlich?

Um diesem lieb-naiven Typ aus der Patsche zu helfen?

Um für Eloi einzustehen, der sie hängen ließ?

Sie schüttelte den Kopf.

Egal, sagte sie sich. So oder so. Scheiß drauf.

Es war nun wirklich nicht das erste Mal, dass sie sich impulsiv in was reinhing, was ihr letztlich mehr Stress als sonst was brachte.

Der Theaterjob, Maske und Requisite.

Das Fotoshooting.

Die diversen Castings.

Bei allem war sie angefixt und gleich voll dabei gewesen.

Engagiert, euphorisch. Und geendet hatte es immer mit übelster Nerverei, mit schmieriger Anmache.

Frust.

Sie hatte jedes Mal draufgezahlt.

Also, was solls?

Sie unterschrieb und stellte sich an der Kasse an.

Als sie dran war, ließ sie sich den Betrag in Hundertern auszahlen, faltete die Scheine und steckte sie demonstrativ in ihren BH.

Okay, so weit, so gut. Oder auch wieder völlig beknackt.

Sie sah auf die Uhr.

Massig Zeit. Zeit genug jedenfalls, um noch einmal bei Elois Alten aufzuschlagen. Wenn Eloi nicht greifbar war, mussten sie eben blechen.

Auf dem Weg zu ihrem in der Seitenstraße abgestellten Wagen, rief sie ihre Mutter an und bedankte sich.

„Mehr hab ich leider nicht über", entschuldigte sich Ma. „Kommst du denn einigermaßen zurecht? Arbeitest du noch in dem Café?"

„Gelegentlich", log sie. „Ich hab 'n bisschen was gespart, und im September kann ich dann bei dem Webdesigner anfangen, das ist auf Dauer."

„Na, hoffentlich, Kind. – Wann fliegst du denn jetzt? Sehen wir uns vorher noch?"

Janet überlegte kurz.

Ihre Mutter war nach der Scheidung ins Alte Land gezogen, in die Nähe von Jork. Das kleine Haus hatte einen wunderschönen und vor Einblicken geschützten Garten. Ideal für ein freizügiges Sonnenbad.

„Wenn sich das Wetter hält, komm ich Sonntag mal raus", sagte sie. „Ich erzähl dir dann alles."

Sie beendete das Telefonat.

Der Flug. Der Flug nach Teneriffa.

Eine geile Sonne-Strand-Badezeit in der Bucht auf Gomera.

Wo ihre Cousine Yvonne auch in diesem Jahr wieder einige Monate verbrachte.

Okay, wenn Eloi nicht wollte oder konnte – sie würde sich das auf jeden Fall gönnen.

Sie nickte entschlossen, stieg in ihren Smart und fuhr los.

Eloi aber ging ihr nicht aus dem Sinn.

Sie musste daran denken, wie wunderbar verrückt ihre ersten Dates gewesen waren. Die Abende und die langen Nächte am Elbstrand. Die Trips an die See.

Das Baden, das Vögeln und überhaupt alles. Was sie sich erzählt hatten von ihren Wünschen und Träumen. Wie nah sie sich dabei gewesen waren, wie eng verbunden sie sich gefühlt hatten.

Sie hatte zu der Zeit schon die Schule geschmissen, wohnte allein in der eineinhalb Zimmer Wohnung über dem Laden der Ottenseer Computer Freaks. Eloi war nur auf der Penne geblieben, weil er ohne Mühe lernte, überaus begabt war, wie es hieß … hab ich wahrscheinlich von meiner Mutter, zumindest was Sprachen anbelangt …

Englisch, Französisch und Spanisch fließend, Italienisch einigermaßen.

Wenn sie gemeinsam was geraucht hatten, war er mehrsprachig palavernd mit ihr durch die Clubs gezogen … Red Bull Wodka und noch ein Joint … rave und cruise … eine line …

Ausgeflippte Wochenenden. Über Monate hinweg,

über ein, eineinhalb Jahre. Bis sie dann ihren kurzen Aussetzer hatte, sich im Bunkerclub von diesem Blacky hatte anmachen lassen und …

Sie hatte es Eloi gestanden, und er hatte gönnerhaft abgewinkt … zu schnell, in keiner Weise beunruhigt oder gar verletzt …

Nicht gut. Nein.

Es war ein Riss, ein Bruch.

Ein erster und ein bleibender.

Janet setzte den Blinker und wechselte die Fahrspur. Nahm die Abbiegung zum Altonaer Bahnhof.

Knapp zehn Minuten später betrat sie das Reisebüro und erkundigte sich nach günstigen Flügen ab übernächster Woche.

Der preiswerteste war mit airberlin, Hamburg–Teneriffa und zurück, 338 Euro. Sie ließ sich die Zeiten ausdrucken und rief von draußen die Ferienanlage an.

Man musste Yvonne erst ans Telefon holen.

Janet zündete sich eine Zigarette an, ging ein paar Schritte auf und ab.

Dann meldete sich Yvonne.

„He, grüß dich“, sagte Janet. „Ich hab mich gerade erkundigt. Ich kann am Fünfzehnten los und lande 12.40 Uhr in Teneriffa. Ist das okay? Klappt das dann noch mit der Fähre zu euch?“

„Ja, sicher. Nimm ein Taxi. – Du, das ist super. Ihr kommt zu zweit?“

„Nee.“ Janet schnippte die Kippe weg. „Das hat sich zerschlagen.“

„Oh …“

„Ist nicht weiter dramatisch. Kannst du mich auch allein unterbringen?“

„Wenn du es in einem Raum mit mir aushältst.“

„Aber immer“, sagte Janet. Sie lachte.

Sie lachte und merkte, dass jetzt doch Bitternis hochkam.

Als sie dann fest gebucht hatte, überspielte sie es, indem sie sich sagte, dass sie allein wahrscheinlich offener und neugieriger auf Yvonne und ihren Inseljob sein werde als mit Eloi.

Sie versorgte sich noch mit Cola und einem Franzbrötchen und nahm dann den direkten Weg nach Winterhude.

Mäßiger Verkehr. Sie hatte freie Fahrt.

Sie fuhr über den Ring, hatte an allen Ampeln Grün, beschleunigte aber mehr und mehr. Auf NDR 2 Elke Wiswedel mit Freibadtipps.

Ein alter Hit. In The Summertime.

Janet summte mit.

Sie dachte jetzt an ihr Treffen mit Blacky, dachte an David und doch wieder an Eloi, hatte ihn vor Augen, wie er mit dieser Schlampe rumknutschte. Sie dachte daran, wie sie sich David geschnappt hatte, ihn küsste … wie er nachgab … seine Scheu überwand …

Sie lächelte … lächelte noch, als sie die Kurve zum Eppendorfer Marktplatz nahm, ein Wagen knapp vor ihr ausscherte …

Ihr Lächeln erstarb.

Sie riss das Steuer herum, hörte hinter sich ein Hupen, bremste hart, kam ins Schleudern und … krachte mit dem neben ihr wie aus dem Nichts auftauchenden Bus zusammen … wurde nach vorn geschleudert und … nicht angeschnallt, ich hab mich nicht angeschnallt, oh, Scheiße, war das letzte, was ihr durch den Kopf schoss …

29

Mike behielt den bulligen Schwarzen im Blick.

Blacky.

Der Typ war aus dem von der Soul Sister genannten Spielsalon auf der Reeperbahn gekommen. Er hatte diesen scheiß wippenden Gang drauf, erreichte die Ampel und wartete brav auf Grün, obwohl die Straße frei war, sich kein Wagen näherte.

Korrekt. Überaus korrekt.

Dafür gabs in der Regel einen Grund.

Hat Scheiße an den Hacken, plant irgendwelche Scheiße.

Mike rückte auf, starrte ebenfalls rüber zum St. Pauli Theater, auf die Laufschrift des Programms.

Sein Handy meldete sich.

Er musste nicht drauf sehen, um zu wissen, wer es war.

Diesmal nahm er den Anruf an.

„Mike", hörte er Klaus. „Mike! Sie haben sich gemeldet! Sie – also Bettina ist schon gegangen! Ich habe – wie du gesagt hast …"

„Was?"

„Dein Handy. Ich habs gerade noch in den Koffer stecken können. Zu dem Geld. Mein Gott, ich … was mach ich jetzt? Sie war …"

„Wo ist sie damit hin?"

„Sie ist zu Fuß los. Ich weiß nicht. Sie ist stinksauer, weil … das ist blöd gelaufen, tut mir leid. Sie hat gesehen, dass ich dich angerufen hab."

„Na, toll", sagte Mike. „Starke Leistung."

Blacky überquerte die Straße.

„Das war …"

„Das will ich nicht hören! Nicht jetzt. Ich … halt dich bereit. Ich melde mich."

„Aber was …?"

„Ende", sagte Mike. Er fluchte. Er fluchte lautlos in sich hinein.

Dachte nach.

Okay, die Nummer lief. Bettina wurde irgendwo hin dirigiert. Seiner Erfahrung nach auf Umwegen.

Und auch dieser Blacky schien ein Ziel zu haben.

Es sah jedenfalls so aus.

Das konnte Zufall sein. Oder auch nicht.

Möglicherweise nicht.

Vielleicht lag Klaus mit seinem scheiß Verdacht ja doch nicht so falsch.

Mike hatte noch die Soul Sister im Ohr. Blacky … Blacky mischt überall groß mit …

Bei Kidnapping, Lösegeld …

Völlig ausgeschlossen war es nicht.

Der pechschwarze Arsch wippte zügig die Davidstraße hoch. Keine der Teenienutten grabschte ihn an. Sie tuschelten nur miteinander.

Kurzentschlossen folgte Mike seinem Instinkt, vergewisserte sich, dass er die Knarre griffbereit hatte. Der kleine Helfer für alle Fälle.

Er hängte sich an Blacky, setzte sich allerdings ein Zeitlimit …

30

Klaus schüttelte die letzte Zigarette aus der Packung.

Panik.

Zu all dem anderen Stress jetzt auch noch Panik. Nichts mehr zu rauchen, von Bettina zum Ausharren im Haus verdonnert. Er hatte es nicht eingesehen, sich aber auch nicht getraut, ihr zu widersprechen.

Nicht, nachdem sie ihn zusammengestaucht hatte.

Mike. Ihr neuralgischer Punkt. Seit jeher. Immer schon.

In seinem Magen rumorte es.

Zig Tassen Kaffee und eine Kippe nach der anderen.

Sein Hemd klebte schweißnass am Körper, der Bund seiner Unterhose kniff.

Er ging zum Kühlschrank.

Nach wie vor nur jede Menge Joghurt und Weißwein.

Klaus blätterte die Serviceflyer durch.

Pizza, Sushi, Chinafood.

Er stutzte.

Ein Kiez-Chinese. Neben der Rufnummer handschriftlich ein Name.

David.

Elois Handschrift.

Klaus konnte sich nicht erinnern, dass Eloi sich jemals was vom Chinesen ins Haus hatte liefern lassen. Jedenfalls nicht in seinem Beisein.

Aber okay, der Junge war auch oft allein gewesen.

Zu oft. Viel zu oft allein gelassen.

Von Bettina seit Jahren und letztlich auch von ihm.

Klaus stützte sich an der Küchenplatte ab.

Er musste an seine Zockernächte denken.

Seine Spielsucht.

Wenn das der Auslöser gewesen war, Eloi zu kidnappen …

Schweißtropfen verschleierten seinen Blick.

Verschwommen sah er Blacky vor sich, vom Tisch aufspringend, drohend auf ihn zeigend … du hast betrogen, Karten sind gezinkt …

31

Klaus … Er lief ihr entgegen, als er sie aus dem Zug steigen sah, umarmte sie. Sein Herz klopfte wie verrückt.

„Bettina! Bettina! Irre! Du, ich freu mich wahnsinnig!"

Sie entzog sich ihm sanft.

„Lass mich erst mal ankommen", sagte sie. „Die Fahrt war ziemlich nervig."

„Aber jetzt …" Er nahm ihr die Reisetasche ab, machte eine weit ausholende Geste. „Bochum, die Perle des Reviers!" Er lachte. „Ist wirklich annehmbar. – Wollen wir erst was essen oder gleich zu mir? Ich hab allerdings nur kalte Küche."

Bettina überließ ihm die Entscheidung.

Sie nahmen den Bus, stiegen am Stadtpark aus und Klaus kaufte in der Kneipe am Eck noch zwei Frikadellen.

Sein Zimmer in dem Wohnhaus auf der Herderallee war im dritten Stock, direkt unter dem Dach. Es war spartanisch eingerichtet. An der Längsseite eine Matratze auf Paletten, auf der anderen ein schmales Bücherregal.

Ein unbearbeitetes Brett auf knallrot gestrichenen Böcken als Schreibtisch vor dem Fenster.

Elektroherdplatte, Spüle.

Übers Eck eine Stange, an der seine Klamotten hingen.

„Toilette und Dusche sind auf halber Treppe", sagte Klaus entschuldigend. „Bei achtzig Mark Miete kann man damit leben. Die Leute sind auch sonst in Ordnung. War vorher das Zimmer ihrer Tochter." Er grinste. „Sie ist bei der Bank. Ich hab bei ihr 'n Konto eröffnet. Bafög und so."

Bettina setzte sich auf den einzigen Stuhl, streckte die Beine aus. Sie trug neue Jeans und unter dem marineblauen Pullover eine weiße Bluse. Der gestärkte Kragen war hochgeschlagen.

Klaus blieb vor ihr stehen.

Er war versucht, sie an sich zu ziehen, sie zu küssen, zu streicheln. Allein bei der Vorstellung hatte er eine starke Erektion.

Die erste Nacht.

Eine erste, lange Nacht, die er mit ihr verbringen würde.

Er war wahnsinnig aufgeregt.

„Hast du was zu trinken?", fragte Bettina.

„Entschuldigung", sagte er. „Rotwein?"

Sie schüttelte den Kopf.

„Keine Limo?"

„'Ne Flasche Rotwein, Bier und Kraneberger", sagte er. „Ich kann aber auch einen Tee machen."

Es war erst 22 Uhr, als sie schlafen wollte. Bis auf ein paar Belanglosigkeiten hatte sie kaum was von sich erzählt.

Er hatte geredet.

Viel geredet.

Wie die Uni war, wen alles er schon kennen gelernt hatte, welche Kneipen es gab und wo Live-Musik zu hören war.

Er räusperte sich.

„Klar", sagte er so locker wie eben möglich. „Hauen wir uns hin. In Amsterdam werden wir bestimmt durchmachen. – Übrigens, Kraftwerk hat vor Jahren auch mal hier in Bochum gespielt."

Bettina war schon aufgestanden.

Sie streifte ihre Schuhe ab.

„Legst du dich an die Wand", sagte sie. „Ich muss nachts immer noch mal raus. Brauch ich einen Schlüssel für die Toilette ...?"

Er wusste, dass sie nicht schlief. Er spürte es. Sie lag regungslos da, und auch er rührte sich nicht. Er hätte heulen können. Doch er schluckte nur trocken und versuchte weiterhin, sich schlafend zu stellen.

Plötzlich aber berührte sie ihn.

„Klaus", flüsterte sie. „Es tut mit leid, aber es geht nicht. Ich kann nicht mit dir schlafen. Ich ... ich habe Angst."

„Angst?" Er wandte sich ihr zu. „Hast du Angst, dass es ... dass es nicht richtig klappt?"

Sie antwortete nicht.

Er hörte sie leise schluchzen, griff über sie hinweg, wollte sie in den Arm nehmen.

Sie stieß einen erstickten Laut aus.

Zutiefst erschrocken zuckte er zurück.

„Bettina, um Gottes Willen, was ist denn?“

Sie sprang auf, stürzte zur Tür, und er hörte, wie sie die Treppe hinuntereilte. Er war wie gelähmt und wusste nicht, was er tun sollte.

Viele, lange Minuten verstrichen.

Dann kam sie zurück.

Ihr Gesicht glich einer Maske, war ausdruckslos.

„Es hat nichts mit dir zu tun“, sagte sie. Es klang wie auswendig gelernt. „Ich mag dich, ich mag dich wirklich. Aber lass mir bitte noch Zeit.“

Am nächsten Vormittag fuhren sie mit dem Zug nach Amsterdam. Sie mussten in Duisburg umsteigen und kamen um halb zwei an.

Sie sprachen nicht über die vergangene Nacht.

Sie fanden eine preiswerte Unterkunft am Rand des Red Light District.

Bettina erklärte, Schlaf nachholen zu müssen und legte sich hin.

Klaus machte sich auf den Weg, das Viertel zu erkunden.

An einem der ebenerdigen Fenster stand eine junge, wunderschöne Farbige. Sie winkte ihn heran.

Für 20 Gulden versprach sie ihm das Paradies.

Klaus musste lächeln.

Es war ein trauriges Lächeln.

Er dachte daran, dass er später mit Bettina ins Paradiso gehen würde.

Zu dem Konzert der Gruppe Kraftwerk.

Die Farbige öffnete die Tür.

Sie hatte ihren BH abgelegt und griff nach seiner Hand.

Klaus ließ es geschehen.

Sie führte ihn in ein kleines Zimmer, in dem lediglich ein mit einem roten Laken bezogenes Bett stand.

Die Farbige erklärte, dass sie aus Jamaika sei und fragte, ob er was rauchen wolle.

Klaus gab ihr das Geld.

Sie wies ihn an, sich vollständig auszuziehen, reichte ihm den Joint und ging vor ihm auf die Knie.

Er ejakulierte schon nach wenigen Sekunden.

Die Farbige legte sich mit ihm aufs Bett und sagte, er solle weiterrauchen und sich entspannen. Sie begann, ihn zu streicheln.

Nach eine Weile hockte sie sich auf ihn.

Sein Schwanz wurde wieder hart und dann war ihm, als sei er tatsächlich im Paradies.

Er glaubte auf Watte zu gehen und grinste jeden ihm Entgegenkommenden an. Er fühlte sich groß und stark.

Damit aber war es schlagartig vorbei, als man ihm in der Pension mitteilte, dass seine Freundin schon zum Konzert aufgebrochen sei.

Es wurde bereits dunkel.

Panisch erkundigte er sich nach dem schnellsten Weg zum Paradiso.

Er trabte los, doch ihm war jetzt, als komme er kaum voran.

Der ihm nach wie vor weich und nachgiebig erscheinende Straßenbelag klebte mit einem Mal zäh an seinen Sohlen.

Endlich an der ehemaligen Kirche angelangt, hatte er eine irre lange Menschenschlange vor sich, hörte er englische, französische, holländische und auch deutsche Sprachfetzen.

Ein Sprachengewirr.

Süßlich-herbe Rauchschwaden hingen über den Köpfen.

Seine Augen tränten.

Tränen liefen ihm übers Gesicht.

„Bettina!“, rief er. „Bettina! Verzeih mir …!“

Er wachte am Sonntagvormittag auf, hatte einen pelzigen Geschmack im Mund und rasende Kopfschmerzen.

Er stöhnte, drehte sich auf die Seite – er lag allein im Bett.

Er rappelte sich auf. Fassungslos.

Er sah im Bad nach. Nichts.

Er stolperte die Treppe hinunter, fragte aufgeregt nach seiner Freundin, nach Bettina.

Niemand hatte sie gesehen.

Bettina blieb verschwunden.

Mike nippte an dem Kaffee.

Er hatte noch die Fahrt zurück nach Hamburg vor sich.

Klaus saß mit ihm in der Kneipe am Eck, in der er noch vor gar nicht langer Zeit Frikadellen gekauft hatte.

Für Bettina und sich.

Bettina hatte ihre nicht gegessen.

Nur Tee getrunken.

„Ich versteh das nicht. Ich versteh das alles nicht", wiederholte er zum x-ten Mal.

Mike beugte sich zu ihm.

„Alter, hundertprozentig. Sie hat es geplant. Das war für sie die Gelegenheit, sich abzusetzen."

„Aber ich liebe sie doch."

Mike lehnte sich wieder zurück, schüttelte den Kopf.

Seine Haare waren kurzgeschnitten, aber er hatte sich nicht rasiert.

„Vergiss sie", sagte er. „Ich halt dich bei ihrem Alten raus. Von ihm hast du nichts zu befürchten."

„Mike – zwei Jahre, über zwei Jahre waren wir fast täglich zusammen. Ich bin bei ihr ein– und ausgegangen. Tanzschule, Abschlussball, Feten. Wir haben Ausflüge gemacht …"

„Ja, es ist scheiße …"

„Sie war auch bei uns zuhause. Sie mochte meine Mutter."

Mike seufzte.

„Geschenkt", sagte er. „Nee, ehrlich, Alter. Wer weiß schon, was bei den Weibern im Kopf vorgeht. Und – schnall auch mal, dass sie ausm ganz anderen Stall ist."

Klaus schlug auf den Tisch. Bier spritzte aus seinem Glas.

„Das hat bei uns nie eine Rolle gespielt", rief er aufgebracht. „Nie!"

„Ich sag ja nur …"

„Du sagst doch selbst, dass dieser Typ irgendein dämlicher Kiffer ist! Ein Freak! Hat der etwa mehr Klasse?!"

„Ist auch egal", sagte Mike. „Komm drüber weg. Es bringt nichts, sich damit rumzuquälen. Ich muss auch jetzt los."

Er winkte nach der Bedienung.

Klaus blieb in der Kneipe.

Er nahm sein Glas und stellte sich an den Rotamint.

Fütterte ihn mit Markstücken.

Starrte auf die rotierenden Scheiben.

Sah Bettina vor sich.

Sah ihr Gesicht.

Ihre Lippen.

Sie öffneten sich, als wolle sie ihm etwas sagen …

Erst im Frühjahr des nächsten Jahres glaubte er, das Geschehene verkraftet zu haben. Er nahm eine Mitfahrgelegenheit nach Amsterdam wahr.

Wenige Schritte vor dem von Mike ausgekundschafteten Hausboot aber verließ ihn der Mut.

Er wechselte auf die andere Straßenseite.

Wartete.

Wartete lange.

Dann endlich kam Bettina an Deck.

Er sah ihren dicken Bauch, war fassungslos.

War wie gelähmt.

Bettina verließ das Boot und stieg auf ein Fahrrad.

Sie radelte vorbei, ohne ihn zu bemerken …

Jahre vergingen.

Klaus beendete sein Informatikstudium.

Seine früh verwitwete Mutter heiratete wieder und zog mit ihrem neuen Mann nach Neuseeland.

Klaus kehrte nach Hamburg zurück und übernahm die Wohnung, in der er aufgewachsen war.

Er veränderte nichts.

Er bekam eine Assistentenstelle an der Fachhochschule und stürzte sich mit Eifer in die Arbeit. Oft blieb er bis tief in die Nacht auf, studierte Fachzeitschriften und stellte Materialien über neue Systementwicklungen zusammen.

Privat führte er ein extrem zurückgezogenes Leben.

Einmal wöchentlich aber nahm er im Hinterzimmer seines Stammgriechen an einer Pokerrunde teil.

Er verlor mehr, als er gewann und hatte ständig ein Minus auf seinem Konto.

Die Barkasse tuckerte die Elbe hoch.

Die Drei-Mann-Band legte eine akzeptable Version von „I Shot The Sheriff“ hin. Olaf zielte johlend mit ausgestrecktem Zeigefinger auf Mike, den anderen Arm um Simone gelegt. Simone schwenkte ein Sektglas und lachte albern.

Die übrigen Gäste waren wesentlich älter.

Knapp zwei Dutzend Personen.

Stark beleibte Männer, Bier trinkend, lärmend.

Die Frauen in Hosenanzügen und vereinzelt in Jeans, die offenbar noch nie getragen waren. Die Haare frisch frisiert und gelegt, dickes Make-up, zig Ringe an den Fingern.

Geredet wurde über Ferienhäuser, Pools und Gartenpflege.

Über pubertierende Söhne und lernunwillige Töchter.

Mein Gott!

Das also war Olafs Bekanntenkreis. Geschäftspartner, Kunden.

Olaf machte in Küchen, hatte sich mit seinem Onkel zusammengetan.

Der Mann mit gelblich-kranker Gesichtsfarbe ging devot von Gruppe zu Gruppe.

Ein Paar begann zu tanzen.

Es fand nicht den Rhythmus. Es war lächerlich.

Klaus sah auf die Uhr.

Vielleicht würde man ja irgendwo anlegen, und er konnte sich davonmachen.

Er verfluchte Mike, der ihn zu dieser Party überredet hatte.

Olafs Geburtstag.

Mit der alten Clique feiern.

Doch das war nicht. Sven war nicht erschienen, Berni nicht …

Aus dem Unterdeck kam eine junge Frau.

Klaus stutzte, zog die Augenbrauen zusammen.

Sie strahlte ihn an.

„Du hast keinen Schimmer, was?“ Sie streckte ihm die Hand hin. „Britta. Olafs kleine Schwester …“

Sie war eine unscheinbare Pennälerin gewesen, ungelenk und introvertiert, zwei Klassen unter ihm. Jetzt wirkte sie sportlich, hatte eine gesunde Bräune und plapperte munter drauflos.

Sie war fast ebenso groß wie er und wie ein Matrose aus den Fünfziger-Jahre-Filmen gekleidet.

Blendend weiße Zähne, eine strubbelige Kurzhaarfrisur.

Eine kecke Person.

Der klassische Kumpel-Typ.

Sie nahm ihn in Beschlag.

Sie machte witzige Bemerkungen über Olafs Gäste.

Klaus entspannte sich allmählich.

Sie tranken und tanzten später auch.

Gegen Mitternacht zurück an den Landungsbrücken nahmen sie gemeinsam ein Taxi.

Klaus sah noch, dass Mike zu ihm hin grinsend den Daumen hob.

„Erzähl mal“, sagte Britta nach einigen Wochen, als sie abends auf ihrem Balkon saßen und Wein tranken. „Erzähl mir mal von deinen anderen Frauen.“

„Gibt keine“, sagte er.

„Ey, so nicht. Ich weiß zumindest von einer.“

„Du meinst Bettina? – Da war nichts.“

„Ihr ward doch auf der Penne so was wie ein Paar."

„Ich war verknallt in sie, ja. Aber sie –" Er schnaubte bitter. „Wir haben nur geknutscht und 'n bisschen gefummelt. Sie wollte nie."

„Schwer zu glauben", sagte Britta.

„War aber so."

„Bei uns Mädchen galt sie als eine, die schon durch einige Betten war."

„Von wegen", sagte er. „Also mit mir jedenfalls nicht. Und ich wüsste auch nicht, mit wem sonst."

Britta schwieg.

Sie schwiegen beide eine Weile.

„Würde es dir jetzt noch was ausmachen?", sagte sie dann.

„Was?"

Sie suchte seinen Blick.

Er sah sie an.

Fragend.

„Sie soll auch mal was mit Berni gehabt haben", sagte sie.

„Mit Berni?!" Er lachte. Es klang hohl.

Britta stellte ihr Glas ab und setzte sich breitbeinig auf seinen Schoß.

Legte die Hände auf seine Schultern.

„War vielleicht nur Gerede", sagte sie. „Warum fang ich auch überhaupt damit an?" Sie küsste ihn und schmiegte sich noch enger an ihn. „Ich wünsch mir, dass das mit uns hält. Ich hab immer nur Typen gehabt, die nichts anderes wollten als bumsen. Mit dir geht es mir zum ersten Mal richtig gut."

Er hob ihr Kinn an, sah ihr in die Augen.

Sie schimmerten feucht.

„Oh Scheiße“, sagte sie. „Halt mich, halt mich fest. Sei einfach nur lieb zu mir.“

Er schluckte, wusste nichts zu sagen.

Bettina mit Berni. Was mit Berni gehabt.

Das setzte sich fest.

Der Stachel blieb …

Drei Wochen vor Bettinas Rückkehr von Gomera tanzte Berlin. Und mit Berlin schien ganz Ostdeutschland und auch Westdeutschland im Freudentaumel zu sein. Das Tor war offen, die Mauer fiel.

Eine neue Zeit sollte beginnen, zusammenwachsen sollte, was zusammengehört.

So jedenfalls wurde es verkündet mit rauchiger Cognacstimme.

Besoffen vor Glück.

So konnte man es lesen.

So sollte es nicht nur gefühlt werden.

Es sollte gelebt werden.

Am Nachmittag vor dem ersten Advent stand Bettina unangemeldet bei Klaus vor der Tür.

„Ich möchte was mit dir besprechen“, sagte sie. „Hast du Zeit? Es wäre schön, wenn wir gleich zu einer Entscheidung kämen.“

Klaus hatte keine Ahnung, um was es gehen sollte.

Er war noch nicht angezogen, trug über einem Schlafshirt nur den flüchtig übergeworfenen Bademantel seines schon lange verstorbenen Vaters. Zustimmend aber nickte er und ließ sie eintreten.

Aus seinem Wohnzimmer dröhnte der eingeschaltete Fernseher.

Klaus zappte die auf der Landungsbrückenpromenade Fischbrötchen verschlingenden Ossis weg.

„Das wird noch übel enden", sagte er um irgendetwas zu sagen.

Bettina nahm Platz, schlug die Beine übereinander und streifte ihr Haar zurück.

„Hast du gearbeitet?", fragte sie mit Blick zu seinem Schreibtisch.

Der Tisch war überhäuft mit Büchern und Mappen.

„Korrigiert", sagte er. „Seminararbeiten."

Bettina strich imaginäre Fussel von ihrer Hose. Sie steckte in halbhohen Wildlederstiefeln.

„Ich weiß nicht, womit ich anfangen soll", sagte sie. „Vielleicht sollte ich erst einmal sagen, dass ich große Fehler gemacht habe. Ich habe dich ziemlich mies behandelt."

„Ach, komm." Er winkte ab. „Das hab ich längst weggesteckt. Das ist vorbei."

„Ich hab dich vorige Tage nicht gefragt, ob du … ich meine, bist du mit jemandem zusammen?"

„Du meinst eine Frau?" Er lächelte müde. „Na ja, wie mans nimmt. Ich bin nicht durchgängig solo."

„Ist das was Festes?"

„Bettina – was willst du wissen?"

„Bist du glücklich?"

Er schüttelte verständnislos den Kopf, griff nach seinen Zigaretten und zündete sich eine an.

„Glücklich", sagte er. „Was sind das jetzt für Fragen? – Ich kann mich nicht beklagen. Ich hab einen guten Job, ich komm finanziell einigermaßen zurecht und …"

„Spielst du noch?"

„Bitte?"

„Karten. Poker. Sven hat das damals angedeutet …"

„Na, toll. Wenn Sven das sagt …"

„Klaus – bitte. Das …" Sie gab sich einen Ruck. „Es ist mir wichtig, weil … kannst du dir vorstellen, dass wir heiraten?"

Klaus verschlug es die Sprache.

Er glotzte sie an.

„Heiraten?", sagte er schließlich. „Heiraten? – Entschuldige, aber …"

Er versuchte ein Lachen. Es war kläglich.

„Ich meine es ernst", sagte Bettina. „Und es gibt dafür mehrere Gründe. Ich will ganz offen zu dir sein. Hör mir einfach zu." Sie stand auf und machte ein paar Schritte, blieb vor ihm stehen und suchte seinen Blick. „Zum einen glaube ich, etwas gutmachen zu müssen …"

„Nein, nein", unterbrach Klaus sie. „Nein, warte. Warte. Das ist … Bettina, das ist nicht wahr. Das kann nicht wahr sein. Mein Gott, wir hatten seit dreizehn Jahren keinen Kontakt mehr. Du bist erst seit ein paar Tagen zurück – mit einem Kind …"

„Für das ich mir einen Vater wünsche."

„Den gibts doch wohl."

„Ich hab dir gesagt, dass Berni es nicht ist – keinesfalls zweifelsfrei. Außerdem ist er für mich gestorben. Ein für alle mal. Diese Phase meines Lebens möchte ich … sie soll gestrichen sein, Klaus. Sie war schmerzlich genug."

Klaus drückte die Kippe aus.

Er fasste sich an die Stirn, rieb sie.

„Okay", sagte er. „Okay, wenn du das kannst. Das ist deine Sache. Aber ich … ich soll mich dazu hergeben anstelle von wem auch immer den Papa zu mimen? Ich versteh dich doch richtig?"

„Ich werde in Zukunft eine sehr vermögende Frau sein."

„Was? Was soll das denn jetzt?"

Bettina atmete tief durch.

„Mein Vater will mich als Alleinerbin einsetzen", sagte sie dann. „Ich hatte ein langes Gespräch mit ihm. Er hat mir meine letztlich albernen Emanzipationsversuche verziehen. Aber er rät mir, nun wirklich in geordneten Verhältnissen zu leben."

Klaus zog die Augenbrauen zusammen, erwiderte zweifelnd ihren Blick.

„Ehrlich gesagt", fügte Bettina hinzu. „Es ist seine Bedingung."

Es war Klaus nicht bewusst, dass er Bettina mit genau den Worten verabschiedete, die sie in jener Bochumer Nacht zu ihm gesagt hatte: „Lass mir bitte noch Zeit …"

Bei seinem nächsten Besuch in der Steinfeld Villa hatte er sich noch nicht entschieden. Bettina begrüßte ihn mit Eloi auf dem Arm.

Sie hielt ihm den Winzling hin, und Klaus glaubte, aus dem Lallen des Kleinen ein Baba herauszuhören. Baba …

Papa … Papa …

Papa …

32

Bettina befolgte die neuen Anweisungen.

Sie zahlte am Automaten in der alten U-Bahn-Halle eine Tageskarte, klaubte das Wechselgeld heraus.

Ein „Hinz & Kuntz"-Verkäufer grüßte freundlich.

Bettina erinnerte sich, den schmalen Mann mit dem Menjou-Bärtchen schon einige Male beim Italiener gesehen zu haben, grüßte zurück und steckte ihm die Münzen zu.

Der Mann wünschte ihr noch einen schönen Tag.

Bettina hob den Trolley an und stieg die Stufen zum Bahnsteig hoch.

Die nächste Bahn zur City fuhr in drei Minuten.

Unter der Brücke rasten mit eingeschalteten Sirenen Streifenwagen und Rettungsdienst hervor. Richtung Eppendorf.

Zwei Kids ahmten das Jaulen nach, liefen hintereinander her im Kreis herum.

Bettina sah kurz nach den anderen wartenden Fahrgästen.

Vier Paare unterschiedlichen Alters.

Ein Farbiger mit Rastalocken.

Ein junges, auffallend hübsches Mädchen war in ein Taschenbuch vertieft.

Einem Mann an Krücken rann der Schweiß über das Gesicht, tropfte von der Nase. Er schniefte. Er nieste.

Neben Bettina tauchte eine Frau mit einem Zwillingskinderwagen auf.

Sie war schwanger und roch nach einem Steinfeld-Puder.

Bettina nickte ihr reflexartig zu.

Idiotisch.

Sie wandte sich gleich wieder ab.

Noch zwei Minuten.

Eine Station weiterfahren. Umsteigen in die U 3. Bis St. Pauli.

Bettina war schon lange nicht mehr in diesem Stadtteil gewesen.

Es hatte keinen Anlass gegeben.

Sie las nur immer wieder in der Zeitung, was sich dort tat.

Theaterpremieren. Comedyprogramme.

Randalierende Fußballfans.

Blutige Auseinandersetzungen vor Discos.

Sie war nervös.

Wohin würde man sie dann beordern?

Wo und wie würde sie das Geld übergeben müssen?

Wem?

Und wann, wann endlich würde sie Eloi in die Arme schließen können?

Das Atmen fiel ihr mit einem Male schwer.

Die Hitze.

Dieser irrsinnig heiße Julitag.

Immer noch eine Minute.

Bettina fasste den Griff des Trolleys fester, ging ein paar Schritte vor.

Die Rollen quietschten.

Das junge Mädchen sah genervt von seinem Buch auf.

Bettina blieb stehen, tastete nach dem Handy.

Sie spürte, das sich jetzt auch auf ihrer Stirn Schweiß bildete.

Hatte einen kurzen, grellen Flash.

Über die Bettkante gebeugt, den Kopf an den Haaren zurückgerissen.

Schmerzhaft.

Die Strafe.

Sie schloss für einen Moment die Augen.

Wie kam ihr das jetzt in den Sinn?

Ihre Gedanken verwirrten sich. Sie bemühte sich, sie auszuschalten.

Sah die Bahn heranfahren.

Die Türen öffneten sich.

Bettina stieg dicht hinter dem jungen Mädchen ein. Und dann hatte sie wieder den Pudergeruch in der Nase. Die Schwangere schob den breiten Kinderwagen an ihr vorbei, warf ihr einen missbilligenden Blick zu.

Bettina schaute weg.

Ihr schräg gegenüber nahm ein älteres Paar Platz.

Der Mann beugte sich vor und nestelte an den Riemen seiner Sandalen. Er trug keine Strümpfe.

Das junge Mädchen ging an ihm vorbei, und Bettina sah, wie er lüstern auf die nackten Beine starrte. Auch seine Frau bemerkte es. Sie knuffte ihn in die Seite und zischte ihm was zu …

33

David lehnte an der Spüle, stützte sich am Beckenrand ab. Immer wieder klappten ihm für Sekunden die Augenlider herunter. Er war an wenig Schlaf gewöhnt, aber die beiden letzten Nächte waren zu viel gewesen.

Die weitgehend durchwachte Partynacht. Die Nacht im Freien.

Eloi. Das Geld.

Janet.

Und ständig sah er diesen Hans vor sich.

Es war ihm, als umkreise er ihn und lauere darauf, auch ihm einen tödlichen Stoß zu versetzen.

Li hantierte mit Töpfen und Kochbesteck.

Sie tat, als gäbe es ihn nicht. Ihr rundes, ihm lieb gewordenes Gesicht, war ausdruckslos. Sie hatte ihre Haare zu einem Pferdeschwanz gebunden, auf ihrem weißem T-Shirt zeichneten sich dunkle Schweißflecke ab.

David rieb sich die Augen. Er stieß sich von der Spüle ab und presste in dem Bastkorb den Abfall zusammen.

Li drängte ihn beiseite.

„Füll die Gewürze auf Tischen nach", sagte sie. „Du stehst im Weg."

„Du bist mir böse", sagte er traurig.

„Geh nach vorn."

„Es war wichtig, Li. Ich musste Freund suchen. Ich konnte nicht noch zu dir kommen, war zu spät."

Li erwiderte seinen Blick, hielt im stand.

„Sag nichts", sagte sie. „Ich bin nicht dumm. Du warst bei einer anderer Frau. Du kannst bei ihr bleiben. Tür zu mir ist zu."

„Das stimmt nicht."

„Mach deine Arbeit." Sie machte eine knappe Geste zum Restaurant hin und stellte sich wieder an den Herd.

David hörte ihren Onkel. Er hörte ihn zetern.

Die Schwingtür zur Küche flog auf.

Blacky hielt sie mit der Rechten fest. Seine Linke traf den Onkel am Kopf. Er taumelte in den Raum zurück, wimmerte.

„Scheiß Rattenfresser!", sagte Blacky. Er klang kein bisschen aufgeregt, winkte Li zu sich heran. „Halt mir den alten Mann vom Leib. Ich hab mit David zu reden."

Li straffte sich.

Sie blitzte Blacky zornig an und machte keine Anstalten, ihren Platz zu verlassen. Blacky ging zu ihr.

Er drückte ihre Nasenflügel zusammen.

„Setz deinen Arsch in Bewegung, und kümmert euch um 'ne neue Küchenschabe. Für den Bruder hier ist Ende."

David erstarrte.

Blacky stieß Li von sich weg, drohte ihr mit der Faust.

Li kamen die Tränen, aber sie zog sich erst zurück, als Blacky eine Schöpfkelle an sich riss und zum Schlag ausholte.

Die Tür schwang hinter ihr zu.

Blacky lachte. Er nahm David ins Visier.

„Scheiß dir nicht in die Hose“, sagte er. „Rück ’n Bier raus und hör mir genau zu. Wenn du wieder Scheiß baust, ist das dein letzter Tag …“

34

Klaus klemmte sich hinter das Lenkrad des Cabrios, das Handy am Ohr.

„Bin schon unterwegs!“, schrie er.

Der Motor sprang an. Klaus haute den Gang rein.

Er hielt die Verbindung zu Mike.

„Ich brauch maximal zehn, fünfzehn Minuten …“

„Fahr vom Dammtor zur Messe rauf“, wies Mike ihn an. „Auf dem Holstenwall sind scheiß Bauarbeiten.“

„Ja, ja – okay.“ Klaus gab Gas, kuppelte, schaltete hoch. In der einen Hand das Handy, die andere am Knüppel.

Eine für ihn riskante Aktion.

Er war kein guter Fahrer, war es nie gewesen.

„Ich brech jetzt ab“, sagte er.

„Beeil dich“, sagte Mike noch.

Klaus klickte ihn weg, legte das Handy neben sich auf den Sitz.

Er sah auf die Armaturen.

Die Tachonadel stieg auf über sechzig.

Es war 17.13 Uhr, und es waren 29 Grad.

Er brauchte Zigaretten. Er brauchte dringend eine scheiß Zigarette.

Klaus drückte das Handschuhfach auf.

Völlig aussichtslos wahrscheinlich, aber … er kramte darin herum.

Stieß zu seiner Überraschung auf eine schmale Schachtel, zog sie hervor.

Zigarillos. Cohiba Mini.

Zigarillos in dem Wagen, den sonst ausschließlich Bettina fuhr.

Die nicht rauchte.

Klaus musste abbremsen.

Die Ampel an der Heilwigstraße war Rot.

Sein Blick fiel auf die Banderole. Zwanzig Zigarillos, 19.90 Schweizer Franken.

Er öffnete die Schachtel.

Ein Streichholzheftchen fiel heraus.

Sheraton Airport Hotel München.

Merkwürdig, sagte Klaus sich. Äußerst merkwürdig.

Aber okay. Er dachte nicht weiter darüber nach, konnte weiterfahren, gab Stoff. Über den Mittelweg zum Dammtor Bahnhof.

Mike.

Mike wartete in der Lincolnstraße.

Er hatte Blacky ausfindig gemacht, und dieses Arschloch schien tatsächlich bei dem Kidnapping seine Finger im Spiel zu haben …

HH-ES 6889.

Klaus' Herz schlug wie verrückt. Atemlos stützte er sich neben Mike an der Mauer ab, konnte den Blick nicht von dem Kennzeichen lassen.

Das war Elois Maschine.

Sie stand neben dem Eingang des kleinen Chinarestaurants.

Klaus hatte den Serviceflyer vor Augen.

Der darauf gekritzelte Name: David.

Eloi hatte diesen Laden frequentiert. Keine Frage.

Und jetzt …

Er klemmte sich den erkalteten Zigarillostummel zwischen die Lippen, riss ein Streichholz an.

„Glaubst du, dass sie Eloi da versteckt halten?“, fragte er.

Mike wiegte den Kopf.

Er hatte das Taxi, mit dem er Blacky gefolgt war, bei Klaus’ Eintreffen weggeschickt.

„Schon möglich“, sagte er. „Der Typ ist jetzt schon über ’ne halbe Stunde in dem Schuppen.“

„Wo hast du ihn aufgespürt?“

„In einem Spielsalon. War erst zu Fuß und kam dann plötzlich mit der Jet Force an. Er muss sie irgendwo auf der Bernhard-Nocht abgestellt haben. Ich geh jedenfalls nicht davon aus, dass er sie rein zufällig geklaut hat.“

„Nein“, bekräftige Klaus. „Scheiße, Scheiße, Scheiße – ich habs geahnt! Ich hatte es im Gespür, als dieser andere schwarze Wichser bei uns rumlungerte.“

„Du hast gesagt, der ist mit Elois Freundin weg, mit dieser …“

„Janet.“ Klaus spuckte den gerade erst wieder angerauchten Zigarillo aus. „Janet“, wiederholte er. „Klar, die wird auch irgendwie mit drinhängen. Obwohl … Scheiße, nein. Ich weiß nicht. – Schnappen wir uns den Kerl.“

Er machte Anstalten, auf das Lokal zuzusteuern.

Mike hielt ihn zurück.

„Wir warten“, sagte er. Er zog sein Blackberry hervor. „Mal sehen, ob ich Bettina orten kann. Wohin sie unterwegs ist.“

Er aktivierte den Browser, tippte einen Code und einige Nummern ein.

Klaus sah, dass sich zwei Halbwüchsige seinem etwa zwanzig Schritt weiter geparkten Cabrio näherten, Halbliter-Bierdosen in der Hand. Er glaubte zu sehen, dass sie sie schüttelten, hob drohend den Arm.

Die Jungs grienten.

Einer zeigte ihm den Finger.

Klaus stürzte auf ihn zu.

„In Deckung!“, hörte er Mike und gleich darauf den anspringende Motor der Jet Force. Er schnellte herum.

Mike war schon bei ihm.

„Sie hauen ab!“

Auf Elois Maschine hockten zwei Männer. Klaus konnte sie gerade noch erkennen – es waren Blacky und der junge Bursche, der zu Janet in den Wagen gestiegen war …

35

Mike … Es war am Tag nach der Betriebsratsversammlung, als Mike in Bettinas Büro gebeten wurde. Ihre Sekretärin ließ ihn im Vorzimmer Platz nehmen und fragte, ob er Kaffee, Tee oder Wasser wünsche. Mike lehnte dankend ab. Obwohl er sich im Verlauf seiner jetzt schon dreimonatigen Tätigkeit in der Firma keiner Nachlässigkeit bewusst war, war er beunruhigt.

Die Sekretärin nahm Anrufe an, gab Auskünfte oder leitete weiter.

Bettina ließ ihn warten.

Mike versuchte, sich zu entspannen. Doch kurze Szenen seiner bisherigen Begegnungen mit Bettina blitzten immer wieder auf … die Pennälerfeten … Nachmittage im Kaifu, Bettina, sich in der Sonne räkelnd … auf dem Hausboot … wie sie mit ihm das Chikago verließ … auf dem Standesamt ..

Er sah auch die Holch vor sich … den alten Steinfeld, Austern schlürfend … musste daran denken, dass der Alte es mit der Holch getrieben hatte … dass Bettina es vielleicht gewusst hatte … und auch von seinem Verhältnis mit ihr …

Mike beugte sich vor, stützte die Hände auf die Knie und kniff die Augen zusammen. Sein Gesicht verhärtete sich.

Er linste zu der Sekretärin rüber.

Sie war jetzt in eine Schreibarbeit vertieft, den Blick auf dem Bildschirm.

Auf der Wanduhr zwischen den beiden Fenstern war es 17.40 Uhr.

Zwanzig Minuten noch bis zum Ende seiner heutigen Schicht.

Er war mit Britta verabredet, hatte versprochen, ihr beim Packen zu helfen. Sie zog nach Wismar, der Liebe wegen. Ihre damalige Beziehung mit Klaus hatte nicht lange gehalten. Sexuell ein Flop, hatte sie ihm voll beschickert gestanden und war mit ihm ins Bett gestiegen … du, du bist schließlich schuld dran, dass ich mich mit ihm eingelassen habe …

Er hatte ihr den Mund zugehalten … sag das nie, nie wieder, zu keinem …

Mike sah hoch.

Bettina war aus ihrem Büro gekommen, trug ihr Businesskostüm, dunkelblau, Nadelstreifen.

Sie legte ihrer Sekretärin eine Mappe hin und nickte ihn zu sich.

Ihr Eckbüro war mit einem großen Schreibtisch und einer weißledernen Sitzgarnitur eingerichtet.

Aktenordnerregal, Kühlschrank. Eine Weltkarte.

Gerahmte Fotografien der ersten Firmenprodukte um die Jahrhundertwende.

Bettina wies auf den Bürostuhl vor dem Schreibtisch und nahm auf ihrer Seite Platz.

„Ich mache es kurz“, begann sie. „Ich respektiere die Entscheidungen, die mein Vater vor seinem Tod getroffen hat. Er hat dir eine unkündbare Anstellung zugesichert. Daran werde ich nichts ändern. Wie ich höre, ist man mit deiner Arbeit auch soweit zufrieden."

„Ich gebe mein Bestes", sagte Mike und lächelte ein kleines Lächeln.

Es verfing nicht.

Bettina sah ihn kühl-distanziert an.

„Eins aber muss dir klar sein", fuhr sie fort. „Solltest du dich jemals wieder in mein Privatleben einmischen – und dabei beziehe ich selbstverständlich Klaus und alle mir persönlich nahe stehenden Personen mit ein – ist dein Arbeitsvertrag hinfällig. Koste es mich, was es wolle."

Mike nickte bedächtig.

„Okay", sagte er. „Ich glaub, ich habs dir schon mal erklärt …"

„Mir reicht, wenn du es jetzt verstanden hast."

„Hab ich." Er stand auf.

Auch Bettina erhob sich.

„Klaus hält viel von dir", sagte sie noch. „Du würdest auch ihn enttäuschen …"

„Wahnsinn, wie die Zeit rennt", sagte Klaus. „Jetzt ist der Bursche schon fünf." Er nickte zu Eloi hin, der mit der kleinen Stephanie in einem knallgelben Kinderpool herumplanschte.

„Und ist auch schon mit den Mädels zugange", meinte Mike.

Sven schnappte es auf. Er stand am Grill, begoss die Würste mit einem ordentlichen Schuss Bier.

„Von wem er das wohl hat?" Er lachte.

Klaus lachte mit.

„Die iberischen Gene“, sagte er.

Mike wunderte sich, wie leicht ihm das über die Lippen kam. Er legte den Kopf zurück und schloss die Augen.

Es war ein angenehm warmer Spätsommertag. Ein Samstag.

Sven hatte kurzfristig eingeladen. Kein besonderer Anlass. Sich nur mal wieder sehen. Gemütlich essen und trinken. Vielleicht eine Runde Tischtennis oder auch Boule. Er hatte die Schwiegereltern zu Besuch.

Simone und ihre Mutter sonnten sich auf der Terrasse, plauderten und tranken Martinis. Der Schwiegervater war von Olaf in Beschlag genommen worden. Olafs neue Begleitung hockte auf den Stufen zum Garten. Olaf hatte sie als Nagelstudio-Betreiberin vorgestellt. Sie war eine etwas pummelige Rothaarige mit Nasenpiercing und Goldkettchen am Fußgelenk.

Als sie sich unbeholfen aufrappelte, sah Mike zu ihr hin. Sah von ihr zu Simone.

Die beiden Frauen trennten Welten.

Aber Olaf … Mike war sich sicher, dass Olaf eine Zeitlang ziemlich heftig mit Simone rumgemacht hatte. Auch noch nach ihrer Hochzeit mit Sven.

Er schnaubte heftig.

„Ja?“, fragte Klaus.

„Nichts“, sagte Mike, stand auf und reckte sich. „Wir sind schon ’ne echt abgefahrene Truppe.“

„Wie jetzt? Hab ich was nicht mitgekriegt?“

Mike machte eine wegwischende Handbewegung.

„Erinnerst du dich an unsere Klassenreise nach München?“

„Klar“, sagte Klaus, grinste. „Du meinst, die Nummer im Englischen Garten.“

„Teufel – ja“, ließ Sven sich vernehmen. „Ehrlich, Alter, den splitternackten Mädels die Klamotten zu verstecken, das hätte ich dir nie zugetraut. Der olle Peters hatte sich ja auch gleich wieder auf Mike eingeschossen.“

Klaus zwinkerte Mike zu.

„Tja, und Mike – was hat er dir angedroht? Er wollte dafür sorgen, dass du von der Penne fliegst.“

„Wär ich wohl auch“, sagte Mike.

„Da musste man sich als Freund doch stark machen“, sagte Klaus und erhob sich nun ebenfalls. „Mir konnte unser Pauker ja sonst nichts.“

„Du? Du warst das gar nicht?“ Sven legte die Grillzange beiseite und kam zu ihnen.

„Gibts ’n Grund, warum du gerade jetzt darauf kommst?“, fragte Klaus.

Mike nickte.

„Ich verdank dir sozusagen, dass ich es bis zum Abi gebracht habe. Und damit – “ Er breitete theatralisch die Arme aus. „Euch bis heute verbunden bleiben konnte.“

„Amen“, sagte Sven. „Oh, Scheiße. Wirds jetzt schon sentimental? Ich hab gerade mal ein erstes Bier intus.“

„Vergiss es“, sagte Mike und schimpfte sich insgeheim einen Narren.

„War nur so’n Gedanke an hilfreiche Lügen …“

Es war etliche Jahre später, als Klaus erstmals offen über häusliche Probleme sprach.

Sie waren in der Alsterschwimmhalle und verfolgten, wie Eloi seine zwölf Bahnen für das Silberne Schwimmabzeichen absolvierte. Sie nippten an ihrem Cappuccino und Klaus blickte angewidert zu den übrigen Müttern und Vätern, die juchzend und applaudierend ihre Sprösslinge anfeuerten.

„Über ein Dutzend Eppendorfer Schicksen“, sagte er. „Und von den paar Hanseln weiß ich, dass sie geschieden sind.“

Mike hob die Augenbrauen.

„Heißt?“, fragte er.

„Ich bin hier der einzige verheiratete Knilch, der seinem Jungen zum Silbernen gratulieren wird. Bettina hat für so was keine Zeit – kein offenes Zeitfenster.“ Er schnaubte bitter, schob die Tasse beiseite.

„Hm“, machte Mike. Und wartete.

„Ich hab Eloi bis zuletzt vertröstet. Wider besseres Wissens. Ma schafft das schon noch – ja, ja. Und dann gehen wir gemeinsam eine Riesenpizza essen. Von wegen. – Weißt du, wie ich mich fühle, Alter? Das ist alles dermaßen beschissen, das glaubst du nicht.“

„Willst du drüber reden?“

Klaus fuhr sich durch das dünn gewordene Haar.

„Eloi – ihr Kind, ihr ein und alles. Das einzige, was ihr geblieben ist. Ha! Ich habs noch im Ohr, wie sie damals ankam. Aber inzwischen – je älter der Junge wird, desto weniger Interesse zeigt sie. Dabei –“ Er brach ab, schluckte trocken.

Mike suchte seinen Blick.

„Dabei was?"

Klaus holte tief Luft. „Der Junge leidet", sagte er dann. „Ich hab schon einige Male mitgekriegt, dass er sich abends in den Schlaf heult."

Mike legte ihm die Hand auf die Schulter, drückte sie.

„Hast dus ihr gesagt? Weiß sie das?"

„Eloi fragt mich, Mike. Er fragt mich, ob Ma mit mir böse ist. Mit mir, verstehst du? Er denkt, sie ist so, weil es zwischen uns … weil bei uns kaum noch was läuft." Er sah Mike an. Seine Augen schimmerten feucht. „Scheiße, Mike, aber unsere Ehe ist wirklich im Arsch."

Mike schwieg.

Klaus nagte an seiner Lippe.

„Ich bin der Arsch", sagte er dann. „Ich hab einfach nicht den Mumm, sie zu packen und mit der Nase drauf zu stoßen, was sie bei dem Jungen anrichtet."

Neben ihnen brandete starker Applaus auf.

Mike sah, wie die Kiddies nach und nach aus dem Becken stiegen, freudig hüpfend nach ihren Handtüchern griffen, herüber winkten.

Eloi reckte die Arme zur Siegerpose.

Ein Sprung vom Dreier stand noch an.

„Wo ist sie denn momentan?", fragte Mike.

„Ein Meeting in schlag mich tot. Dresden oder Leipzig, ich weiß es nicht. Ich … ich werd sie gleich anrufen und Eloi mit ihr sprechen lassen. Wenigstens hören soll sies."

Doch dazu kam es nicht.

Nicht dazu, dass Eloi seiner Mutter sagen konnte, das Silberne Schwimmabzeichen erlangt zu haben.

Er trat auf dem Dreier bis zur Kante vor, schaute in die Tiefe, und Mike glaubte, ihn lächeln zu sehen.

Überraschenderweise aber trat er dann wieder weit zurück, nahm Anlauf und … rutschte auf dem letzten Stück aus, stürzte und kippte kopfüber und wild zappelnd herunter, schlug flach aufs Wasser …

Mike reagierte augenblicklich.

Er rannte los und hechtete ins Becken …

Prellungen.

Höllischer Schmerz.

Schock.

Eloi überstand es relativ schnell.

Bettina brachte ihm aus Leipzig ein Rolling Stones T-Shirt mit.

Mike vermied es, Klaus noch einmal auf Bettina anzusprechen. Er glaubte, ohnehin genug zu wissen.

Die Jahre vergingen wie im Flug.

Nichts Spektakuläres passierte.

Im letzten Sommer aber stand er vor dem Werktor und sah Simone nach, der er als Schülerin und auch später keine große Aufmerksamkeit geschenkt, sie als zickig abgetan hatte.

Svens Frau. Mutter einer inzwischen fünfzehn- oder auch schon sechzehnjährigen Tochter. Leicht bekleidet mit einem schulterfreien H & M-Fähnchen.

Blond und selbstbewusst und auf hohen Hacken.

Er sah ihr nach, und sie schien es zu spüren.

Kurz vor dem Aldi drehte sie sich um, winkte noch einmal verabschiedend.

Am Montag danach begann sie ihre Urlaubsvertretung auf Bettinas Etage.

Sie arbeitete bis weit nach Feierabend.

Mike schaute auf seiner Runde bei ihr herein.

Sie wechselten ein paar Worte.

Er wünschte ihr noch einen schönen Abend.

„Ich werd mich bemühen", sagte sie.

Auch am zweiten Tag blieb sie bis weit nach acht in der Firma. Er traf auf dem Hof mit ihr zusammen.

„Hast du jede Nacht Aufsicht?", fragte sie.

„Ich kanns mir einteilen", sagte er.

„Ich hab Karten für Deep Purple. Am Freitag in der Großen Freiheit. Hast du Lust?"

„Auf was?", fragte er, nur um es ausgesprochen zu hören.

„Sven hat keine Zeit", sagte sie.

Während des Konzerts knutschten und fummelten sie aneinander herum wie Teenager.

Das Wochenende drauf verbrachte er mit ihr in ihrem schwedischen Fertighaus im Wendland.

Sie setzte sich im Bett auf, küsste ihn leicht auf den Mund.

„Weißt du, an was ich gerade denken musste?", sagte sie.

„Ich hoffe, nicht ausgerechnet an Sven", sagte er.

„In gewisser Weise schon", sagte sie. „Ich hab damals mit Bettina die Mutzenbacher gelesen."

„Sagt mir nichts."

„Die Bekenntnisse einer Wiener Hure." Sie lachte leise. „Das war echt geil. Wir – na ja, wir haben dabei heftig an uns rumgespielt."

„Wie? Du? Du und Bettina?"

Er wandte sich ihr zu.

„Wir fanden es wahnsinnig aufregend", sagte sie. „Ist ja auch weiter nichts dabei."

„Und daran hast du jetzt gedacht?"

„Da gibts 'ne Passage, in der die kleine Mutzenbacher beobachtet, wie ihre Mutter von dem Untermieter gevögelt wird – wenn der eigene Mann nichts mehr hergibt, hört es mit der Bravheit auf. Das kam mir in den Sinn. – Sven hat nur noch seine Arbeit im Kopf und fällt zuhause gleich wie tot um." Sie schüttelte den Kopf. „Mein Gott, du glaubst gar nicht, wie gut mir das tut, mal wieder richtig durchgefickt zu werden. – Schockiert dich das, dass ich so rede?"

„Nicht im Geringsten", sagte er. „Aber –" Er räusperte sich. „Das mit Bettina – ging das länger so?"

„Na ja, schon 'ne ganze Zeit. Wir mochten uns."

„War sie da schon mit Klaus befreundet?"

„Klar." Sie lachte wieder. „Ich weiß noch, wie sie sagte, wenn ich mit Klaus zusammen bin, passiert gar nichts. Obwohl –" Sie unterbrach sich. „Hör, mal", sagte sie dann. „Das bleibt aber jetzt echt unter uns."

„Ja?"

„Versprichs mir."

„Ja", sagte er gedehnt. „Also was?"

„Ich hatte den Eindruck, dass sie … dass es da schon jemanden gab, mit dem sie heimlich rummachte."

„Simone, nun komm."

Sie zögerte noch, schmiegte sich schließlich an ihn und legte ihr Bein über seine Hüfte, strich über seine nackte Brust.

„Ihr Vater", sagte sie. „Ich bin mir ziemlich sicher, dass sie mit ihrem Vater gebumst hat. Und zwar von sich aus."

Mike brauchte einen Moment.

Dann lachte er.

„Nee", sagte er. „Nee, das ist –" Er fasste sich an die Stirn. „Das spinnst du dir zusammen."

Sie hockte sich jetzt breitbeinig auf ihn.

„Und wenn ich dir sage, dass sie von mir mal den Papa gemacht haben wollte?" Sie brachte ihren Mund an sein Ohr, flüsterte. „Sie hatte sich so'n Teil besorgt, du weißt schon, und ich … ich hab sie damit rangenommen."

Mike schloss die Augen.

Sah die beiden vor sich.

Sah Bettina mit fest zusammen gepressten Lippen.

Schweiß auf der Stirn.

Die Augen wie tot.

Rotlicht fiel durch die Jalousie und … Bettina bäumte sich unter ihm auf, krallte sich an ihm fest, stieß einen gequälten Laut aus, ein heiseres Stöhnen … sie wollte es nicht … sie wollte … sie liebte ihn nicht, würde ihn nie lieben, niemals … sie nahm es lediglich hin, dieses eine Mal, abgefüllt, nicht mehr ganz bei Sinnen, verzweifelt … verzweifelt über sich, über das, was sich Bahn brach …

36

Die Türen der U-Bahn schlossen sich hinter Bettina und schon meldete sich das Handy. Sie nahm hastig an.

„Bleiben Sie auf dem Bahnsteig“, wies die verzerrte Männerstimme sie an. „Warten Sie, bis Sie wieder von mir hören.“

„Ich …“

Die Verbindung war beendet.

Bettina blieb stehen, wo sie war.

Die meisten der mit ihr Ausgestiegenen strebten auf den Ausgang zum Heiligengeistfeld zu. Zum Dom.

Der Bahnsteig leerte sich.

Bettina zog den Trolley näher an sich heran.

Ein Fünf-Millionen-Koffer.

Fünf Millionen, für die ihr Onkel sich aus dem Bett gemüht hatte. Asthmatisch keuchend, fröstelnd. Die junge Polin hatte ihn angekleidet.

Und ihre Tante hatte sich nicht davon abhalten lassen, mit zur Bank zu fahren. Hatte sich nur noch einmal geäußert … du bist mir natürlich was schuldig, das weißt du, ich erwarte dein Angebot …

Bettina war klar, dass sie mehr wollte als eine Eins-zu-eins-Rückzahlung.

Es ging ihr um mehr Anteile an der Firma. Um mehr Einfluss.

Ohne es zu wollen, überschlug Bettina, was sie das kosten würde.

Und was es letztlich bedeutete.

Sie musste wieder an Hardy denken.

An ihre heimliche Affäre, für die sie sich, so absurd es ihr auch erschien, jetzt bestraft sah.

Das hatte sich festgesetzt.

Irrational, aber ... ich habe eine Liebschaft ... nein, ich habe Sex, puren, von allem Persönlichen unbelasteten Sex, grob und völlig frei von jeglicher Zärtlichkeit ... gebe mich bereitwillig hin und ... und verdiene es nicht anders, dass mir Leid zugefügt wird ... Schmerzen ... dass ich gedemütigt werde ...

37

Bettina … Sie standen zwischen den Tomatenstauden, es war noch früh am Tag und ein leichter, frischer Wind wehte vom Meer her. Doch sowohl Sara als auch sie trugen lediglich ihre Bikinihöschen und ausgefranste Strohhüte. Sie waren vom Pflücken erhitzt. Die beiden großen Körbe waren bereits weit über die Hälfte gefüllt.

Sara reckte sich, lockerte ihre Gelenke.

Sie blickte über das Feld, machte eine weit ausholende Geste.

„Ich schätze, mindestens zwei Hektar gehören mir", sagte sie. „Ist doch 'n ganz hübscher Besitz. – Wie bist du mit Pavel übereingekommen? Ihr hattet doch gestern euer Finanzgespräch."

Bettina lüftete ihren Hut.

Sie wischte sich über die Stirn.

„Ich konnte ihm keine Zusage machen. Ich will kein Geld von meinem Vater."

Sara zog ihr Tabakpäckchen aus dem Bund des Höschens.

„Rauchen wir eine", sagte sie und nickte zu der das Feld umgebenden niedrigen Mauer hin. Geschickt drehte sie die Kippen.

Bettina setzte sich neben sie.

„Ich halt das für falsch", sagte sie, nachdem sie dann

einen Zug genommen hatte. „Sieh mal, jeder von uns hier liegt irgendwie mit seinen Alten über Kreuz. Sie haben uns deformiert, auf die eine oder andere Weise kaputt gemacht. Ich hatte den Hack mit meiner Mutter, du verachtest deinen Vater. Aber tief im Innern fühlst du dich auch zu ihm hingezogen. – Nee, nee, komm, erzähl mir nichts, ich kenn da was von."

„Ich hab mit ihm abgeschlossen."

„Das denkst du, aber du fühlst es nicht."

„Sara – die Entscheidung hierher zu kommen war der endgültige Bruch."

Sara lächelte nachsichtig.

„Okay, aber dann sieh es mal praktisch", sagte sie. „Ohne einen Anteil an der Hazienda bleibst du 'ne Arbeitsbiene. Du ackerst dich für dein Essen und 'ne Schlafstelle ab, für mehr aber auch nicht."

„Wie alle."

„Nee, du, die meisten haben sich schon eingekauft. Und wenn sämtliche Häuser ausgebaut sind und die Bewirtschaftung voll funktioniert, haben wir was Eigenes. In Selbstverwaltung."

„Ja, ja. Aber das brauch ich nicht."

Sara zog ihre Hand zurück.

„Ich hätte aber gern, dass du bleibst."

Bettina hob die Augenbrauen, sah sie an.

„Das tue ich auch."

„Tina", seufzte Sara. „Du bist doch nicht blöd. Pavels Modell läuft auf so was wie 'ne Genossenschaft hinaus, und das heißt im Klartext, auf die Leute, die Geld in das Projekt stecken. Alle anderen –" Sie nahm noch einen Zug, stand auf und trat die Kippe aus. „Alle anderen werden sich verabschieden müssen. – Mensch, leiere deinem Alten wenigstens ein paar Tausender raus. Du hast doch auch noch Myriam, die hier 'ne Zukunft haben soll …"

Myriam lag bäuchlings auf dem Bett, den Kopf in das Kissen gedrückt.

Ihre Schultern zuckten.

Bettina ging neben ihr in die Hocke.

„Myriam? Myriam, was ist? Warum weinst du?"

Myriam drehte sich zur Seite, legte ihren Arm über die Augen, schniefte.

„Lass mich in Ruhe."

„Du warst schon wieder über Nacht weg. Was ist denn nur los mit dir?"

„Gar nichts! Gar nichts! Ich will pennen!"

„Myriam – ich rede mit dir! Du hast doch was."

Berni erschien in der Tür.

Er signalisierte Bettina, vors Haus zu kommen.

Bettina schüttelte den Kopf, fasste Myriam an der Schulter.

Myriam schlug ihre Hand weg.

„Hau ab!", schrie sie. „Hau endlich ab!"

„Myriam!" Bettina packte sie, zog sich zu sich heran. „Myriam, du sagst mir jetzt, was mit dir ist oder …"

„Oder, oder, oder?", äffte Myriam und versuchte, sich zu entwinden.

Impulsiv scheuerte ihr Bettina eine.

Myriam heulte los.

„Mein Gott – Bettina!“ Berni stürzte zu ihr, hielt sie fest. „Respektier doch bitte, dass Myriam …“

„Lass mich los! Misch dich da nicht ein …“

„Ich weiß doch, was Myriam hat. Komm – komm, bitte. Ich erklär es dir.“

Myriam rollte sich zusammen, heulte weiter.

Bettina fühlte sich machtlos.

Kraftlos und auch elend.

Doch schließlich ließ sie sich von Berni mit nach draußen ziehen. Nach einem letzten Blick auf Myriam, die schluchzend ein Kissen an sich presste.

„Sie hat Liebeskummer“, sagte Berni, als sie auf der kleinen Terrasse standen. „Dieser Arne, du weißt, der von der Dänin …“

„Was …?!“

„Sie ist in Arne verknallt …“

„Das ist … das ist nicht mehr als ’ne Schwärmerei. Der Junge ist …“

„Er ist fünfzehn und hat schon mit einigen Gleichaltrigen geschlafen. Myriam möchte es auch, aber …“

„Du spinnst! – Projizierst du jetzt etwa deine …“

„Verdammt noch mal, Bettina, fang nicht schon wieder mit dieser Scheiße an!“ Sein Blick war zornig. „Arne hat sie ausgelacht. Das ist passiert. Er hat sich über ihre dünnen Beine lustig gemacht und irgendwelchen Scheiß geredet.“

„Und deshalb dieses … dieses Gezicke?“

„Sie ist verletzt, fühlt sich herabgesetzt. Es tut ihr weh. – Mein Gott, Bettina, erinnere dich, wie du in dem Alter warst. Sie kommt in die Pubertät …“

„Sie ist gerade mal elf."

„Sie entdeckt ihren Körper und sie –" Er schlug nach einer ihn umschwirrenden Fliege. „Und sie sieht, was alles um sie herum abgeht. Das ist normal."

Bettina machte eine unwirsche Geste.

„Wenn es wirklich nur das ist, kann sie es auch sagen und nicht dermaßen verstockt sein."

Sie sah, dass unten am Meer Pavel zu dem an der Mole ankernden Boot ging, gefolgt von seiner neuen Lieblingsfrau und einigen Halbwüchsigen.

Fröhliches Lachen schallte herüber.

Die kleine Gruppe bestieg das Boot.

Ein splitternackter Junge hisste am Heck eine Fahne.

Es war ein weißer Fetzen, der dunkel gesprenkelt war.

Pavel hob die Hand, und Bettina glaubte, dass er ihr zuwinke.

Aus den Augenwinkeln bemerkte sie, dass Berni sich abwandte …

Sie erreichte das Bergplateau im Morgengrauen. Das Meer war ruhig, eine weite, unendlich erscheinende Fläche.

Bettina atmete mehrere Male tief durch, sog die kühle Luft ein, schwang die Arme aus.

Nach einer Weile setzte sie sich, und entzündete den bereits gebauten Joint, eine handspannenlange Tüte.

Sie verschränkte die Beine und blickte in den allmählich aufhellenden Himmel … rauchte und hing ihren Gedanken nach … sah Seerosen auf dem Wasser, das impressionistische Gemälde in dem goldenen Rahmen … ihr Vater hängte es im Wohnraum auf, trat einen Schritt zurück … versenkte sich in die Betrachtung … sie spürte seine Hand auf ihrer Schulter … ein echter Monet, er wird einmal dir gehören … ein Notgroschen … eine Klingel ertönte … Mama hob eine Tasse Tee an die Lippen … ihr Haar war verfilzt, ihr Gesicht wurde zu einem Totenkopf …

Bettina erschrak, ihre Augenlider flatterten …

Falter … der Nachfalter torkelte gegen die Fensterscheibe … sie sah sich in ihrem Bett liegen, die Zimmertür stand spaltbreit offen … ihr Vater ging auf dem Flur vorbei zu Ma, in der Hand ein Glas Milch … er seufzte … Schneeflocken fielen auf das Bootsdeck … Wilm sah aus dem Bullauge … er setzte sich zu ihr aufs Bett, legte seine Hand auf ihren stark gewölbten Bauch …

Hast du deinen Eltern geschrieben?

Noch nicht.

Tu es, wir brauchen Geld …

Klaus zahlte die Fahrkarten … er trottete mit hängenden Schultern neben ihr her … ihr Vater sah ihr über die Schulter, blickte auf das Schulheft … wer strebend sich bemüht … er holte ein Buch aus seiner Bibliothek, legte es ihr hin … schlag nach …

Bettina hielt den Joint zwischen Daumen und Zeigefinger … wie mein Vater seine Zigarette … was habe ich noch alles von ihm?

Welche Gesten?

Welche Haltungen?

Ansichten, Meinungen?

Sein Rückblick auf die Geschichte der Firma … Sauberkeit ist oberstes Gebot … ein sauberer Körper, ein sauberer Geist … täglicher Wäschewechsel … sie versteckte das Bettlaken mit den Spuren ihrer ersten Menstruation …

Wilm rollte sich von ihr, rang nach Luft …

He, he, he – das war gewaltig … du bist keine Jungfrau mehr …

Doch.

Du hast nicht geblutet …

Wabernde Luft … tappende Schritte … ein Flüstern …

Der Umgang mit Simone tut ihr nicht gut …

Bettina riss die Augen weit auf, blinzelte in die jetzt über dem Meer stehende Sonne …

Eine noch kühle Brise … der süßliche Duft des Haschischs …

Vater roch gut … ist groß und stark, ist mächtig … er hat Macht, Macht über viele Menschen …

Er hat … hat seine Augen überall … auf mir, auf meinen Hausaufgaben, den Schulnoten … ich nehme es zur Kenntnis, sagte er bei einer Drei oder gar Vier … und schwieg danach tagelang …

Die Klingel … Mamas Klingel …

Migräne …

Du sollst später studieren … ins Ausland gehen … dich erwarten große Aufgaben … ich erwarte es von dir …

Klaus hielt die Schallplatten unter dem Arm geklemmt … er setzte sich zu ihr an den Schreibtisch … Mathe … er löste die Aufgaben im Nu … er küsste sie mit spitzen Lippen … er war ängstlich, er war unbeholfen … er spazierte neben ihr her und wusste nicht mehr zu sagen als wie schön sie sei …

Du hast wunderschöne Beine …

Wilm wirbelte sie auf der Tanzfläche umher … du hast den Rock 'n' Roll …

Berni drückte sie hart an die Hauswand …

Nicht gesucht und doch gefunden, Amsterdam hatte ich immer schon auf dem Zettel …

Er bequatschte sie, zurück nach Hamburg zu kommen … er konnte gut mit Myriam … er forderte nichts … er sprach von Selbsterfahrung und alternativen Projekten …

Papa Wilm ging auf Tour …

Nein. Nein.

Ihr Vater empfing sie mit offenen Armen …

Du hättest zumindest Mutter noch einmal besuchen sollen, sie hat bis zuletzt nach dir gefragt …

Er vermittelte ihr unausgesprochen, keine gute Tochter gewesen zu sein … auch undankbar ihm gegenüber … aber er könne verzeihen … Gottvater, der er ist, im Leinpfad und im Eimsbüttler Firmensitz …

Er konnte den Blick nicht von ihr wenden … es war ein prüfender Blick … ein misstrauischer … der Blick, mit dem er Simone verleidet hatte, weiterhin zu ihr zu kommen … nach der Schule … wasch dir die Hände … zieh dir saubere Strümpfe an … eine andere Bluse …

Du bist eine Frau geworden … eine Mutter … erzähl mir von diesem Wilm …

Bettina glaubte, Pavels Stimme zu hören … dieselbe Neugier … eine kontrollierende Neugier … auch bei Berni schwang sie jetzt mit … es gibt Grenzen … ich bin nicht dauerhaft belastbar …

Bettina rauchte den Joint weiter herunter …

Die Sonne stieg höher, wärmte.

Bettina sah zu der Hazienda herüber, zur Bucht.

Noch war niemand auf dem Gelände …

Was mache ich mit Myriam …?

Anfang November wurde das allein für Kinder und Jugendliche bestimmte Haus eingeweiht. Hochbetten, eine Spielecke, Matratzen und Decken auf dem Boden. Kuschelnischen.

„Das Kind flutscht aus der Fut der Mutter", dozierte Pavel. „Blut am kleinen Leib und Schleim. Es schreit. Es möchte gleich wieder zurück in den Mutterschoß, will hineinstoßen – das ist der natürliche Trieb. Die Sexualität ist von Anfang an da. Sie hat naturgemäß die Richtung zum Genitalen, da aber halt die eigene genitale Reife noch nicht erreicht und ausgebildet ist, bleibt nur die Richtung, die Tendenz, verstehts? Die körperliche emotionale Hinwendung zum geschlechtlichen Gegenüber."

Er blickte von den Erwachsenen zu der Gruppe der Vier- bis Fünfzehnjährigen, von denen einige eng beieinander hockten, die Größeren lässig an der Wand lehnten.

Myriam hielt den Kopf gesenkt.

„Die Sexualität des Kindes“, fuhr Pavel fort, „zeigt sich als Aberkenn … als Anerkennung des Gleichwertigen gegenüber. Diese Entwicklung der Kindersexualität ist überhaupt die Grundvoraussetzung des Erlernen von … von liebevollem Verhalten, das … das lasst euch gesagt sein, das …“ Er fuchtelte mit einem Mal fahrig mit den Armen, ruckte den Kopf, sein Gesicht rötete sich.

„Bringts mir a Glaserl Wein“, schnappte er. Er stützte sich an dem mit Kuchen und Früchten beladenen Tisch ab. Die erst vor kurzem zu ihnen gestoßene Französin goss ihm ein. Doch Pavel sackte schon in sich zusammen.

Entsetzte Aufschreie. Ein wildes Durcheinander entstand. Kinder heulten.

Bettina schnappte sich Myriam, die gebannt auf den nach Luft ringenden Pavel starrte.

„Liebe“, brabbelte er. „Liebe aus … aus den Lenden … da brauchts Kraft und … und keine Scham, keine Scham vor nichts …“

„So was wie'n Infarkt“, teilte Berni mit, als er Stunden später zu Bettina kam. Sie saß mit Myriam vor dem Haus. „Ein Arzt aus San Sebastian ist bei ihm. Er übernachtet auch hier.“

„Muss Pavel sterben?“, fragte Myriam.

„So schlimm ist es nicht.“

Bettina stand auf.

„Wie willst du das wissen?“

„Wir haben mit dem Doktor geredet. Pavel braucht nur etwas Ruhe. In ein paar Tagen ist er wieder fit." Er nickte zur Bucht hin. „Er wünscht aber, dass heute doch noch gefeiert wird und die Kinder ihre erste Nacht im eigenen Raum verbringen."

Myriam klatschte freudig in die Hände …

Bettina sah Myriam fortan immer seltener.

Berni begann eine vor der Gruppe verheimlichte Liebschaft mit der Französin. Sie hieß Catharine und hatte in Marseille in einer Anwaltskanzlei gearbeitet …

Zu Weihnachten schrieb Bettina ihrem Vater einen langen Brief, in dem sie andeutete, eventuell doch nach Deutschland zurückzukehren.

Sein Geschenk erhielt sie Anfang Februar. Es war ein in weiches Leder gebundenes Exemplar von Joseph Conrads „Herz der Finsternis". Ihr Vater hatte ein Zitat hineingeschrieben: „Ein drolliges Ding, das Leben … Das äußerste, was man sich von ihm erhoffen darf, ist ein wenig Selbsterkenntnis."

Bettina las den Roman und stellte eine sie schockierende Übereinstimmung von Kurtz und Pavel fest …

38

Li blickte Klaus trotzig an.

„Ja, ich kenne ihn", sagte sie. „Ist Freund von David. Sie haben gemacht Geschäfte."

„Geschäfte? Was für Geschäfte?", fragte Mike. Er öffnete die Tür zum Vorratsraum und sah hinein. Sah gestapelte Säcke, eine Unmenge Dosen und getrocknetes Grünzeug. Von Eloi keine Spur.

Klaus packte Li am T-Shirt, schüttelte sie.

„Wo ist er? Wo ist Eloi? Was habt ihr mit ihm gemacht?!"

Li antwortete nicht.

Mike stieß die Tür wieder zu, kramte auf der Arbeitsplatte herum. „Hör zu", sagte er zu Li. „Du hast zwei Möglichkeiten. Entweder erzählst du uns alles, was du über Eloi und diesen David weißt, oder du wirst auf lange Zeit keinen Finger mehr rühren können. Hast du das kapiert?"

Er wiegte einen Fleischklopfer in der Hand.

Li schrie entsetzt auf.

Klaus zog sie dicht an sich heran.

„Wir meinen es ernst", sagte er. „Also raus mit der Sprache."

„David … David", haspelte sie. „Sind Geschäfte … Geschäfte mit Koks, mit Kokain … David … David hat verkauft an … an Freund."

„An Eloi?“ Klaus war nahe dran, auszurasten. Eloi trainierte. Eloi war fit und klar im Kopf. Eloi nahm keine Drogen. Er … „Red keine Scheiße!“, schrie er.

„Ist die Wahrheit! Ich habe gesehen!“

Klaus stieß sie von sich. Li torkelte, fand am Herd Halt.

Mike schlug mit dem Klopfer hart auf den Tisch. Schüsseln schepperten aneinander.

Li hob schützend die Arme vors Gesicht.

„Okay, okay“, sagte Mike. „Der schwarze Arsch dealt also …“

„Ja, ja, ja … ich weiß genau. Ich lüge nicht … ich schwöre …“

„Gabs da ein Problem?“ Mike schob Klaus beiseite. „Du verstehst – einen Streit zwischen den beiden, Zoff. Irgend ’ne scheiß Drohung?“

„Er hat … David hat … er war die letzten Nächte … er war unterwegs, ist mit … mit Freund weggefahren … Mittwochnacht … alles gut.“

Klaus warf Mike einen wissenden Blick zu, nickte verbissen.

„Da gabs die Fete“, sagte er und trat wieder dicht an Li heran. „Nur Eloi und David? Oder war auch der Glatzkopf dabei?“

„Der … David hatte Ärger mit ihm, ja. Auch vorhin noch … mehr ich weiß nicht.“ Sie schniefte, ihre Stimme war dünn. „Ich hab doch alles schon gesagt.“

Mike wiegte das Holzteil in der Hand.

„Okay“, sagte er dann. „Belassen wirs erstmal dabei. Denk nur noch mal scharf nach, was genau du von dem Streit eben aufgeschnappt hast. Und zwar Wort für Wort und –“ Er fixierte sie scharf. „Gibts hier noch irgendwelche scheiß Verstecke?“

Klaus trat ungeduldig von einem Fuß auf den anderen, dachte an Bettina, die wer weiß wohin mit dem Geld unterwegs war …

39

„Gehen Sie zum Gosch-Stand, direkt gegenüber gibt es Zuckerwatte." Der Anrufer konnte sich ein kurzes Auflachen nicht verkneifen.

Bettina unterdrückte eine Entgegnung. Sie hielt das Handy am Ohr, schob sich mit dem Trolley an den Dombesuchern vorbei.

Eltern, Kinder und Jugendliche.

Sie schlenderten gemächlich von Bude zu Bude, blieben stehen, sahen zu, zückten Geldbörsen.

Knatternde Glücksspielräder, Luftgewehrschüsse.

Von den Karussellen und Scootern her tönten Schlager, Schmachtfetzen und wummernde Bässe. Losverkäufer garantierten lauthals Gewinne, der Geruch von Bratwürsten und gebrannten Mandeln hing in der Luft.

„Kaufen Sie sich etwas Nervennahrung", sagte die verzerrte Stimme. „Und stellen Sie dann den Koffer am Durchgang zu den Wohnwagen ab."

„Was ist mit Eloi?"

„Wir schicken ihn zu Ihnen, sobald wir das Geld haben."

„Das ist mir zu ungewiss. Ich will mit ihm reden."

„Machen Sie jetzt keine Schwierigkeiten. Sie haben keine Wahl."

„Ich habe mich an alles gehalten. Sie bekommen das Geld, aber vorher …"

Ein Seufzen.

„Bettina." Die Stimme war jetzt unverstellt, nur ein wenig heiser.

Bettina blieb abrupt stehen und erstarrte, war wie vom Blitz getroffen. Sie wurde blass, totenbleich, glaubte, ihr Herz setze aus …

Blacky fuhr dicht an die Wohnwagen heran, stoppte und stieß David an.

David stieg von der Maschine.

Elois Jet Force.

Er hatte sie gleich erkannt und war sprachlos gewesen.

Sprachlos und auch zutiefst erschrocken.

Was hatte das zu bedeuten? Wie kam Blacky daran?

Hatte Eloi sie ihm etwa überlassen?

Nein, das war unvorstellbar.

Er hatte fieberhaft nach einer Erklärung gesucht, einer möglichen Verbindung – während der ganzen, kurzen Fahrt.

Immer noch.

Eloi. Blacky.

Blacky.

Blacky … Janet.

Janet …

Blacky musterte ihn scharf.

„Du hast verstanden", sagte er. „Wenn ich das okay habe, trabst du los und schnappst dir das Teil. Ich warte hier."

Er zog sein Handy hervor, checkte es.

David schluckte trocken, nickte.

Das Johlen und Kreischen auf dem Dom schmerzte in seinen Ohren.

„Kann wirklich nichts passieren?“, fragte er und wusste sogleich, dass es sinnlos war.

Blacky verdrehte auch schon die Augen.

„Mann“, sagte er. „Wie oft muss ichs dir noch verklickern? Die Nummer is’n Wichs.“

„Aber du …“

„Ich habs unter Kontrolle.“ Er blieb breitbeinig auf der Maschine sitzen, schaltete den Motor nicht aus. „Und du machst dabei ’n verdammt guten Schnitt.“

Ja. Ja.

Keine Schulden mehr bei ihm und noch Zweitausend bar auf die Hand.

Das hatte Blacky ihm versprochen.

Zweitausend, um sich damit verpissen zu können … du wolltest doch immer schon zurück auf deine Insel …

Zweitausend.

So viel Kohle drückte Blacky nicht ohne Hintergedanken ab.

Garantiert nicht. Wenn überhaupt …

David senkte den Blick, starrte auf den harten, trockenen Boden.

Nur ein schneller und angeblich völlig gefahrloser Zugriff.

Nein, das war es bestimmt nicht.

Es war … David war, als werde er in die Hölle geschickt.

Verheizt.

Er hatte Fragen, viele Fragen, doch er traute sich nicht mehr, auch nur eine auszusprechen. Nur noch Angst beherrschte ihn, eine scheiß Angst …

„Du?“, sagte Bettina. „Du bist das? Du … du bist hier?“

Wieder ein Lachen. Ein Räuspern.

„Du kannst sicher sein, dass Eloi dann gleich bei dir ist – wieder bei der Mama“, betonte er. „Stell den Koffer ab. Das Geld bist du mir schuldig.“

Bettina konnte es noch immer nicht fassen.

Sie wurde angerempelt, setzte sich wie in Trance in Bewegung, das Handy am Ohr.

„Ich hab dich im Blick“, hörte sie ihn …

Mike ließ Klaus auf dem Gehsteig parken, schwang sich schon aus dem Wagen, behielt sein Blackberry in der Hand.

„Die Gelbe hat uns nicht verarscht. Die Wichser sind auf dem Dom. Bettina ist ganz in der Nähe. Ich hab das Signal.“

Klaus zog den Schlüssel ab, hievte sich aus dem Sitz.

„Aber wo? Hier ist Hochbetrieb!“

„Wir trennen uns“, sagte Mike. Er wies zur U-Bahn-Station. „Du gehst vom Eingang die rechte Seite ab, ich nehm die linke. Kontakt über Handy. Es wird ja nicht gerade von Schwarzen wimmeln.“

„Bettina …“

„Wer sie sieht, hält sich bedeckt. Ich ohnehin.“ Er sah Klaus eindringlich an. „Dir ist es vielleicht nicht klar, Alter. Aber mit der Aktion bin ich meinen Job los – egal, wies ausgeht.“

„Das … das werd ich nicht zulassen.“

„Du hast ihr nichts zu sagen. Kapier das endlich mal, und sei froh, dass sie eure Ehe noch nach außen hin aufrechterhält.“

„Was soll das denn jetzt?“

„Ich … ach, Scheiße.“ Er winkte ab. „Es ist halt so. Sie zieht doch immer schon nur ihr eigenes Ding durch.“

Klaus schüttelte verstört den Kopf, wollte sich noch dazu äußern, doch Mike trabte schon los …

Er hatte die Verbindung abgebrochen.

Er … er sah sie. Er beobachtete sie, und Bettina war, als spüre sie seinen Blick, den Blick auf ihren nackten Körper. Ein Frösteln überlief sie, und ihr Atem war flach … nie, nie wäre ihr in den Sinn gekommen, dass er, er Eloi gekidnappt hatte, sie zahlen ließ …

Lösegeld …

Blutgeld …

Geld für sein Fleisch und Blut …

… das Boot tuckerte aufs offene Meer hinaus. Zwischen ihnen auf den Planken der Leinensack … der Leichensack …

Bettina kamen die Tränen.

Sie spürte sie nicht.

Wie ferngesteuert stakste sie auf den Süßwarenstand zu.

Bunte Bonbons, Lakritzen, Hamburger Speck …

Fünf Millionen …

Sie schob den Trolley vor den schmalen Durchgang und ließ den Griff los …

Klaus ließ seinen Blick von Bude zu Bude wandern, hielt Ausschau, blieb dicht hinter Paaren und Gruppen, ging unwillkürlich geduckt: Ein übergewichtiger Mann mit durchgeschwitztem Hemd und vor Aufregung und Anstrengung gerötetem Gesicht … kein Held.

Mikes Worte gingen ihm nicht aus dem Sinn.

Seine Ehe … nein, seine Ehe war nicht infrage gestellt, trotz aller Differenzen. Sie beruhte auf einem Vertrag. Sein Ja-Wort hatte Bettina das Erbe gesichert. Den Betrieb, ihre Position.

Und Eloi, Eloi verband sie, auf immer und ewig … bis der Tod uns scheidet …

Eloi …

Klaus schrak zusammen.

Er glaubte Eloi am Bierstand zu sehen, seinen Haarschopf …

Blacky hielt sein Handy am Ohr, gab David das Zeichen.

David atmete tief durch.

Nur ein Handgriff, nur ein Handgriff, und dann …

Er zwang sich, nicht weiter darüber nachzudenken.

Er verschwand im Durchgang, schlich sich an den Wohnwagen vorbei.

Niemand schien sich in ihnen aufzuhalten.

Da … da stand der Koffer.

David verlangsamte seine Schritte, schlich sich vorsichtig heran.

Schnapp dir das Teil …

Er sah, wie sich eine mit einem hellen Hosenanzug bekleidete Frau entfernte, mitten auf dem Weg stehen blieb … er sah ihr Profil und sein Atem stockte …

Es war die Frau am Steuer des Sportwagens … Elois Mutter …

„Dreh dich nicht um", warnte er – er. „Setz dich bei Gosch auf die Bank und warte." Er kicherte. „Dich nach so langer Zeit wiederzusehen, Bettina, bereitet mir ein ungemein großes Vergnügen. Ich bin sogar versucht, dich in den Arm zu nehmen …"

… er fasste nach ihrer Hand. Sie schlug sie weg, rannte den langen Weg zum Meer hinunter, entschlossen, sich hineinzustürzen und zu ertrinken.

Sara tauchte vor ihr auf, stoppte sie … es ist furchtbar, aber sie ist ein gesundes Mädchen, sie wird es schaffen …

… die Sonne brannte unerbittlich, als sie den Leichensack über Bord gleiten ließen … sie kniete sich auf die Bootsplanken und faltete die Hände zum Gebet … sie hatte seit vielen Jahren nicht mehr gebetet und brachte anfangs nur ein Herr vergib mir über die Lippen …

… sie säugte Eloi … Eloi, den Auserwählten …

David zog den Koffer hinter sich her.

Der Koffer holperte über den unebenen Boden. David hob ihn an, schleppte ihn die letzten Meter, fest entschlossen, Blacky jetzt doch zur Rede zu stellen.

Aber Blacky saß nicht mehr auf Elois Maschine.

Blacky lag lang ausgestreckt davor, rührte sich nicht.

„Okay, wir haben es", hörte er eine Männerstimme … eine ihm bekannte, eine unvergessene Stimme, und das Blut in seinen Adern gefror …

Mike tauchte blitzschnell hinter der Kasse des Kinderkarussells ab.

Nur wenige Meter vor ihm nahm Bettina auf einer Bank Platz, sichtlich verstört und aufgewühlt.

Mike horchte auf.

Ganz in der Nähe war irgendwas im Gange.

Es hörte sich nach einem Kampf an …

Klaus bog auf den Weg zum Riesenrad ein.

Es setzte sich gerade wieder in Bewegung.

Er sah zu den Gondeln und … und diesmal täuschte er sich nicht.

In einer der aufsteigenden Gondeln saß Eloi …

„Eloi! Eloi …!"

Bettina ließ das Handy sinken.
Auch sie sah hoch …

Sie zerrten an dem Koffer.

David hielt ihn fest umklammert, ließ ihn nicht los.

Hans … Hans Dinklage trat nach David, traf sein Schienbein.

„Ich mach dich fertig“, zischte er. „Ich bring dich um! Lass los …!“

„Nein!“, schrie David. „Nein!“

Seine Augen tränten. Seine Muskeln drohten zu erschlaffen.

Dieser Hans … dieser Mörder …

Dinklage trat wieder zu und gab plötzlich den Koffer frei …

David torkelte, stolperte, fiel rücklings zu Boden, den Trolley an sich gepresst. Und schon war Dinklage über ihm, drückte ihm die Kehle zu.

David röchelte …

Bettina lief zum Riesenrad.

Klaus stürmte ebenfalls los, winkte Eloi zu …

„Eloi! Eloi …!“

Mike zögerte keinen Moment.

Er versetzte dem Mann, der den Schwarzen würgte, einen gewaltigen Hieb ans Ohr. Der Mann sackte zur Seite.

Mike packte ihn am Kragen und zog ihn von dem schwarzen Jungen weg.

Der Junge rappelte sich auf.

„Ich …"

„Schnauze!", herrschte Mike ihn an. Er blickte zu dem regungslos am Boden liegenden Blacky, lachte trocken. „Die übliche Scheiße – sich gegenseitig austricksen. Du wirst noch Zeit genug für deine Story haben. Jetzt erstmal …"

Weiter kam er nicht.

Er spürte den kalten Lauf einer Waffe in seinem Nacken …

40

Eloi ließ sich nicht umarmen.

Nicht von Bettina, nicht von Klaus.

Er wehrte sie ab, nicht schroff, aber entschieden.

Sie bestürmten ihn mit Fragen.

„Ich bin okay", sagte er nur.

Er schien tatsächlich gut beieinander zu sein, wies jedenfalls keine sichtbaren Spuren von Gewaltanwendung auf. Seine Augen jedoch blickten traurig.

Bettina sah Klaus an.

Klaus wusste, was sie vor Eloi nicht aussprechen, ihm jetzt nicht vorwerfen wollte. Dass er ihr gefolgt war. Gegen ihren Willen.

Er machte eine flüchtige Geste.

„Ich hab den Wagen da drüben geparkt", sagte er und tastete nach seinem Handy.

Mike. Er musste Mike anrufen, ihm Bescheid sagen.

Es war vorbei. Eloi war frei.

Bettina blieb dicht neben Eloi, wollte seine Hand greifen.

Er entzog sie ihr, blieb stehen.

Er schaute zurück zum Riesenrad, bevor er sich Bettina zuwandte.

„Pavel", sagte er und schüttelte verständnislos den Kopf. „Ein alter Mann. Warum? Warum habt ihr es mir verschwiegen? Das ist Scheiße – einfach nur Scheiße!“

„Was …?“, fragte Klaus.

„Stell dich nicht dumm.“

„Es tut mir leid“, sagte Bettina. „Es tut mir wirklich furchtbar leid. Aber ich – ich allein bin schuld. Ich konnte es einfach nicht. Klaus … Klaus wusste es auch nicht.“

„Was?“, sagte Klaus noch einmal. „Von was zum Teufel redest du?“ Er blieb stehen, blickte Bettina herausfordernd an …

41

Bettina … Sie betrat den abgedunkelten Raum, die Luft war stickig.

Pavel saß aufrecht im Bett, einen Skizzenblock auf den Knien. Er legte ihn weg, nickte Bettina zu sich heran.

„Setz dich, setz dich zu mir“, sagte er. „Man hat mich wieder recht ordentlich aufgepäppelt, nur mit einer Pfeife schmauchen ists noch nicht so weit. Aber rauch du nur dein Kraut. Du konsumierst viel davon, hör ich.“

„Es entspannt mich“, sagte Bettina. Sie hockte sich zu seinen Füßen auf die Bettkante. „Im Moment brauch ichs nicht.“

„Sonderlich locker schaust aber nicht aus. Was bedrückt dich? Sags mir. Ich kanns von dir nehmen, das weißt. So kräftig bin ich allemal.“

Bettinas Lippen zuckten.

Sie zögerte, wusste nicht, was sie sagen sollte.

„Es ist“, sagte sie schließlich. „Es ist … ich hab das Gefühl, dass … dass Berni mir aus dem Weg geht.“

„Der Berni – ja.“ Pavel lehnte sich in die Kissen zurück, zupfte an seinem Bart. „Da magst Recht haben. Der Berni ist auch mir ein Problem. Weißt, dass er zu euch hoch nach Hamburg reisen will …?“

„Nein …“

„Mir sagt er, er würd sich Geld vom Vater beschaffen, so einem Fleischverwurster. Hast ihn mal kennen gelernt?"

„Nur von Erzählungen", sagte Bettina. „Wann … wann will er denn los?"

Pavel ging nicht darauf ein.

„Ich verrat dir noch was", sagte er. Er krümmte seinen Zeigefinger, lockte Bettina näher zu sich heran, senkte die Stimme. „Ihm ist nicht zu trauen. Ich hab verlässliche Auskünfte, dass er sich absetzen will, um mich der Ausbeutung und schmutziger Geschäfte zu bezichtigen."

Bettina schluckte.

Pavel lachte.

„Wer ihm das wohl ins Ohr gesetzt hat", sagte er. Er klopfte auf die Matratze. „Nun komm, ich werds ihm schon noch versauern. Vergnügen wir uns ein wenig."

Berni reiste erst Monate später ab, kurz vor Ostern. Er brach noch vor Tagesanbruch auf, und nur Catharine schien von dem Zeitpunkt gewusst zu haben. Vermutlich hatte sie ihn sogar auf dem Landweg zur Fähre in San Sebastian begleitet.

Am Ostersonntag überraschte Bettina ihre Tochter Myriam unter der im Freien befindlichen Dusche am Jugendhaus. Was sie sah, traf sie wie ein Keulenschlag.

Sie suchte Halt.

Myriam bemerkte sie und machte Anstalten, davonzurennen.

Bettina bekam sie gerade noch zu fassen.

„Von wem?!“, schrie sie. „Von wem bist du schwanger?! Wie ist das passiert?!“

„Du tust mir weh …“

„Wer hat das getan?! – Mein Gott!“

Sie zog Myriam an sich, drückte sie, streichelte fahrig ihr Haar und fragte immer und immer wieder, wie das geschehen konnte und warum … warum …

„Warum bist du nicht gleich zu mir gekommen? Du bist … mein Gott, im wievielten Monat bist du?“

Sie löste ihre Umarmung, hielt Myriam nur noch an den Schultern, ihr Blick verschwamm. Sie versuchte, ihre Tränen zurückzuhalten.

Myriam fröstelte.

Sie schüttelte Bettinas Hände ab, griff sich ihr Handtuch und schlang es sich um den Körper, um den schon stark gewölbten Bauch.

„Das ist doch egal. Mir geht es gut, und ich will das Kind.“

„Du bist doch selbst noch eins!“

„Ich bekomm es, da kannst du machen, was du willst! Und frag mich nicht weiter, von wem ichs hab. Das geht dich nämlich gar nichts an.“

Sie wischte ihre nassen Haarfransen aus der Stirn, stapfte mit dem Fuß auf. „Ich will ja auch nicht wissen, mit wem du alles schläfst.“

„Myriam –“ Bettina hob bittend die Arme. „Myriam, wenn ich nicht genug für dich da war … wenn das der Grund ist …“

„Jetzt nerv nicht.“

„Ich will doch nur …"

„Mir ist kalt, und ich hab auch keine Lust auf dein Gequatsche."

Bettina schüttelte verzweifelt den Kopf.

Sie konnte nicht anders, als Myriam noch einmal anzuflehen, mit ihr zu reden, ihr zu sagen, wer … wer sie geschwängert hatte …

„War es … war es Berni …?"

Myriam lachte. Es war ein Lachen, in dem Hohn und Spott mitschwangen …

Sara hielt es für möglich und auch andere der inzwischen nur noch aus knapp zwei Dutzend Erwachsener bestehenden Gruppe tippten auf Berni.

Catharine schottete sich ab.

Pavel war weder für Bettina noch für sonst jemanden zu sprechen.

Nachts aber sah man ihn gelegentlich auf dem Balkon des Herrenhauses betrunken herumtorkeln. Einmal zerriss er Skizzenblätter und schleuderte die Fetzen in die Luft, stieß dabei ein wölfisches Heulen aus.

„Sieh dir das an", sagte Sara und legte Bettina einige der handtellergroßen Papierfetzen hin.

Zusammengefügt waren es obszöne Zeichnungen, überkritzelt mit nur schwer entzifferbaren Kommentaren … Maderln zeigens her die Fut… die Wirklichkeit … es ist die Wahrheit … als Künstler musst tapfer sein … aufsitzen lassen … auf und Galopp … Angriff auf die Dummheit … ein jeder ist ein geiler Bock …

trauts euch, den Pfahl hinein zu stoßen … reif sinds allemal …

Bettina überkam ein ungutes Gefühl.

Sie konnte es nicht benennen.

„Das ist krank“, sagte sie nur.

Sara wiegte den Kopf.

„Es ist zumindest ziemlich abgedreht“, sagte sie. „Ich mach mir Sorgen.“

„Um Pavel?“

„Um uns“, sagte Sara …

Berni kam erst Anfang Mai nach Gomera zurück.

Bettina stellte ihn zur Rede, als er dabei war, eingeschmuggelte Haschplatten in Catharines Hütte zu verstecken.

Er lachte sie aus.

„Wer hat denn hier das Erstrecht?“, sagte er. „Geh zu Pavel! Er ist stolz darauf, das erste Kind seiner neue Generation selbst gezeugt zu haben!“

Sie entdeckte Myriam bei ihrem morgendlichen Gang zum Meer.

Sie hörte sie wimmern.

Myriam lag in einer von Gebüsch umgebenen Sandkuhle.

Sie hatte sich in ein Laken gehüllt. Ihre Wehen hatten eingesetzt.

Bettina kniete sich neben sie.

Myriam fieberte.

Die Wehen kamen in immer kürzeren Abständen.

Myriam presste und stieß unartikulierte Laute aus. Bettina stand ihr bei, so gut, wie sie es vermochte.

Myriams Augen weiteten sich.

Sie signalisierte Bettina, sich nah zu ihr zu beugen.

„Eloi." Es war kaum hörbar. „Ein Junge ... wenn es ein Junge ist ... Eloi ... er soll Eloi heißen ..."

Ein triumphierendes Lachen ließ Bettina zusammenschrecken.

Pavel stand hinter ihr.

„Da ists ja, mein Hascherl!" Er zog Bettina von Myriam weg. „Troll dich", sagte er. „Ich zupf ihr das Kinderl schon noch aus dem Leib ..."

42

Ein Schuss löste sich.

Der Mann wurde in Mikes Armen schlaff, sackte in sich zusammen. Er glotzte fassungslos, brabbelte noch irgendetwas.

Scheißer … mir ist nicht zum ersten Mal einer auf die Tour gekommen.

Ein blitzschneller Ausfallschritt hatte genügt, um sich den Typ zu greifen und ihm seine Pistole in die Rippen zu pressen.

Mike ließ ihn zu Boden sinken, entwand ihm die Waffe und schoss ihm in die Stirn.

Aus den Augenwinkeln sah er, wie der junge schwarze Typ mit dem Koffer hinter den Wohnwagen verschwand.

Mike rannte ihm nicht nach.

Das hatte noch Zeit. Er musste jetzt klar durchdacht handeln.

Er wischte die Glock sorgfältig ab und prüfte den Halsschlagaderpuls des noch regungslos auf dem Boden liegenden Blacky.

Der Puls war schwach, aber er schlug.

Mike drückte ihm die Pistole in die Hand.

Dann klopfte er Jacke und Hose des Toten ab, nahm Handy, Schlüssel, Brieftasche und ein schmales Notizbuch an sich.

Die Brieftasche enthielt Banknoten in Schweizer und Europäischer Währung, zusammen etwa 420, vielleicht 450 Euro.

Diverse Karten.

Amex, Kantonalbank Zürich, Banca di Roma.

Führerschein und Schweizer Pass waren auf den Namen Hans Dinklage ausgestellt.

Mike verglich das Passfoto mit dem Toten.

38 Jahre alt, geboren in Winterthur, viel gereist.

Okay.

Mike steckte die Brieftasche ein, zog sein Handy hervor und rief die Wache auf der Budapester an.

Er nannte seinen Namen und ergänzte, ein ehemaliger Kollege zu sein. Gab seinen Standort an und meldete eine Auseinandersetzung mit Schusswaffengebrauch – eine getötete und eine flüchtige Person.

Eine dritte habe er überwältigt und unter Kontrolle.

Er beendete und nickte zu dem immer noch bewusstlosen Blacky hin.

Ab in den Knast, Arschloch.

Dann blätterte er Dinklages Notizbuch auf.

Ein Foto rutschte heraus.

Mike glaubte seinen Augen nicht zu trauen.

Das Foto zeigte Bettina.

Sie war halbnackt, vornübergebeugt. An den Haaren gepackt von – von Dinklage, der sie von hinten zu bearbeiteten schien.

Mike starrte gebannt auf das Bild.

Und er dachte angestrengt nach.

Über das Kidnapping, die beiden Schwarzen und diesen Ficker.

Bettinas Ficker …

Blacky rührte sich und von der Schanze her war die Sirene eines Streifenwagens zu hören …

43

David rannte über den Dom.

Er rannte um sein Leben.

Er spürte noch den Griff an seiner Kehle, hatte noch Dinklages wutverzerrtes Gesicht vor Augen und … und wie es dann plötzlich wie weggefegt gewesen war und dieser andere Mann …

David … David glaubte, ihn erkannt zu haben, war sich sicher.

Die schwarze Lederjacke, die Jeans.

Dieser Mann war heute morgen in Elois Elternhaus geeilt, war eine Zeitlang geblieben und jetzt … austricksen, sich gegenseitig austricksen.

Er hatte gelacht und Dinklage nicht im Blick behalten …

Dinklage.

Der Hans … ich halt ihn aus, meinen feinen Begleiter … er ist nur auf mein Geld aus, mein Geld …

David rannte. Er rannte über den Dom Richtung Bunker, den Koffer in der Hand.

Er war nicht sehr schwer, aber mühsam zu tragen.

Er schlug an seine Waden.

Blacky … Blacky war vermutlich tot und Dinklage … David hatte der Atem gestockt, als der Lederjackenmann herumgeschnellt war und Dinklages Hand mit der Pistole gepackt hatte.

Als der Schuss fiel und David … als er schon die Waffe auf sich gerichtet sah … ein Schuss in den Kopf und …

David rannte.

Er rannte wie von Bluthunden gehetzt, rannte, wie er auf Gomera vor Dinklage weggerannt war, den steinigen Bergweg hinunter in die Ferienanlage zu Sara …

Er rannte … rannte zum Hafen, floh vor den Soldaten, die seinen Vater erschossen hatten, seine Mutter vergewaltigt und ermordet hatten …

Er rannte und rannte … rannte durch enge Gassen, rannte den Strand entlang … rannte durch das regnerische und kalte Hamburg … rannte weiter und immer weiter, und ihm war, als sei er immer gerannt … sein Leben rettend vor korruptem und mordendem Militär, vor der Polizei und kaltblütigen Weißen …

Er rannte.

David erreichte den Ausgang des Doms.

Er rannte weiter über die Straße … quer über die Hanseplatte … die Straße zum Schlachthof …

Er nahm nur flüchtig die sich zusammenrottenden Schwarzgekleideten wahr, die zur Bullerei aufbrachen, dem neuen Nobelrestaurant im alternativen Stadtviertel, lautstark skandierten … zwischen Bullenhelm und Nasenbein passt immer noch ein Pflasterstein …

Farbbeutel platzten an Mauern und Hauswänden.

Leere Bierdosen schepperten über den Asphalt.

Und David rannte, wich Passanten aus, Fahrradfahrern …

Er schwitzte.

Der Schweiß floss in Strömen.

Der Koffer wurde ihm schwer. Seine Muskeln erlahmten allmählich.

Doch er rannte weiter, immer weiter … ziellos … weg, nur weg …

Er rannte an der U-Bahn-Station vorbei, bog ab in den Sternschanzenpark und … und konnte schließlich nicht mehr.

Seine Lungen schmerzten.

Keuchend blickte er zurück, blickte sich um.

Niemand war hinter ihm, niemand in der Nähe.

David schlug sich mit dem Koffer ins Gebüsch …

Blacky … Blackys Deal … wir haben es …

Blacky … Blacky musste mit Dinklage zu tun gehabt haben.

Und Dinklage …

Er brauchte noch etliche Minuten bis er es schaffte, den Reißverschluss des Trolleys aufzuziehen …

44

„Es war ’n Schock“, sagte Eloi. „Ich – der Sohn von Myriam und diesem Pavel.“ Er schnaubte, schwenkte kurz sein Glas. Die Eiswürfel klirrten. Eloi trank einen Schluck.

„Er hat sie missbraucht“, sagte Bettina.

„Sie solls gewollt haben.“

„Das ist nicht wahr!“ Bettina sprang auf. „Das ist einfach nicht wahr.“

Eloi zuckte die Achseln.

Klaus sah von ihm zu Bettina, schüttelte nur den Kopf, immer noch fassungslos über das, was sie nun nicht länger verschwiegen hatte.

Sie waren in dem großen Wohnraum, die Tür zur Terrasse stand weit offen. Die Sonne verblasste allmählich. Aus dem Nachbargarten war das eintönige Klacken eines auf der Platte aufschlagenden Pingpong-Balls zu hören.

„Ist auch egal“, sagte Eloi.

„Nein, das ist es nicht!“, fuhr Bettina ihn an und bereute es sogleich. Sie nahm sich ein Zigarillo aus der vor Klaus auf dem Tisch liegenden Schachtel.

Klaus hob die Augenbrauen, beeilte sich, ihr Feuer zu geben.

Bettina rauchte den Zigarillo an.

„Ja – sie war anfangs stolz drauf, ein Kind zu bekommen, das ist richtig", sagte sie dann. „Ein naiver, dummer Stolz, von diesem Wahnsinnigen geschwängert worden zu sein. Aber er hatte sie verführt, sie eingelullt mit seinem Geschwätz von seinen außergewöhnlichen, seinen göttlichen Genen! Doch als es soweit war, als sie dich zur Welt brachte, da ... sie hat unsäglich gelitten, letztlich aber doch noch genug Kraft aufgebracht, Pavel ins Gesicht zu spucken und ihn zu verfluchen! Das – das ist die Wahrheit, das musst du mir glauben, und nicht das, was er dir alles aufgetischt hat."

Eloi schwieg.

Klaus atmete tief durch. Auch er blieb eine Weile stumm, starrte auf seine Hände. Sie zitterten.

„Okay", sagte er schließlich zu Bettina. „Er wär besser gewesen, du hättest kein Geheimnis daraus gemacht – auch für mich." Er stand nun auch auf und klopfte Eloi auf die Schulter. „Dieses Schwein, dieser alte Sack hat sich fünf Millionen gegriffen. Vielleicht kann man ihn ja noch abfangen, bevor er damit abdüst. Hast du da was aufgeschnappt?"

„Das Geld kann ich verschmerzen. Ich ..."

„Bettina", stoppte Klaus sie. „Dieser Mann gehört weggesperrt und zwar für immer."

„Er hat zwölf Jahre gesessen", sagte Eloi. „Die Kohle sollte 'ne Art Entschädigung dafür sein und ... und weil du mich ihm weggenommen hast."

„Ja, Scheiße", sagte Klaus bevor Bettina sich äußern konnte. „Die Vorstellung, dass der sich darauf einen feixt, macht mich rasend. Außerdem – das hat er doch auch nicht allein durchgezogen."

„Ich will davon nichts hören. Es ist vorbei. Er soll nur ein für alle Mal verschwinden." Bettina suchte Elois Blick. „Ich wünsch mir lediglich, dass du … dass du mir verzeihen kannst. Ich habe dich als meinen Sohn angenommen und …"

Eloi winkte bereits ab.

„Es war nur er und dieser Typ, der mich zu Boden geschickt hat", sagte er zu Klaus. „So'n Schönling. Hatte hin und wieder 'n leichten Schweizer Akzent. Jedenfalls wenn er nicht gerade mit irgendwem telefoniert hat. Da hab ich aber nichts von verstanden." Er leerte sein Glas. „Pavel … ich glaub, Pavel hat ihn Hardy genannt."

„Das ist doch schon mal was", sagte Klaus.

Weder er noch Eloi bemerkten, dass Bettina blass wurde.

Ihr Zigarillo fiel zu Boden.

Eloi duschte, zog ein frisches T-Shirt an und knielange Shorts.

Er zählte das Geld nach, das man ihm nicht genommen hatte.

Das Geld, das er David schuldete.

Er wollte zu ihm. Mit ihm ein Bier trinken und erzählen, was passiert war.

Eloi verließ sein Zimmer und ging nach unten.

Die Türen zu Küche und Wohnraum waren geschlossen.

Doch er hörte Bettina und Klaus.

Sie stritten sich.

Eloi fragte sich, auf was ihr Streit hinauslaufen würde.

Er hatte das Gefühl, dass sich in Zukunft einiges ändern würde.

Für ihn war alles noch unwirklich, fremd. Er würde Zeit brauchen.

Viel Zeit.

Als er ins Freie trat, wäre er beinahe über einen Trolley gestolpert und gestürzt.

Er kniff die Augen zusammen, hob das Teil an und öffnete es nach kurzem Zögern.

Was er sah, veranlasste ihn, lauthals zu lachen …

Das Chinalokal war geschlossen.

Eloi las auf dem an der Eingangstür angebrachten Zettel „Wegen Trauerfall".

Er ging zurück zur Reeperbahn, kaufte sich ein neues Handy und wählte Janets Nummer.

Nach einigen Freizeichen hörte er: „Ihr Gesprächspartner ist zur Zeit persönlich nicht zu erreichen …"

Eloi hinterließ eine Nachricht.

Zwei Wochen später holte er Janet aus der Eppendorfer Uniklinik ab.

Sie hatten sich viel zu erzählen.

Von David aber hatte auch sie nichts gehört …

45

Die Ermittlungen … Die bisherigen Ermittlungen ergaben, dass es sich bei der auf dem Heiligengeistfeld mit zwei Schüssen in Kopf und Oberkörper getöteten Person um den Schweizer Hans Dinklage handelt.

Hans Dinklage, 39, gebürtig und aufgewachsen in Winterthur, absolvierte eine Banklehre und wurde als Betreiber eines Übersetzerbüros in Thun zum ersten Mal straffällig.

Eine in Bern ansässige Fabrikantengattin zeigte ihn wegen Nötigung und „Verletzung des Geheim- und Privatbereichs durch Aufnahmegeräte“ an.

Das Bezirksgericht Thun verurteilte Hans Dinklage zu sechs Monaten auf Bewährung.

Der zur der Zeit Einunddreißigjährige wechselte mit Einwilligung der Behörde seinen Wohnsitz. Er ließ sich in Wädenswil bei Zürich nieder und wurde als Immobilienmakler tätig, allerdings ohne die dazu erforderliche amtliche Erlaubnis zu haben.

Im Herbst letzten Jahres beschuldigten ihn die Angehörigen einer auf Gomera zu Tode gekommenen Österreicherin, schuldhaft in den Vorfall verstrickt zu sein. Entsprechende Nachforschungen führten jedoch zu keinem beweiskräftigen Ergebnis.

Ende des Jahres verließ er die Schweiz und quartierte sich auf einem abgelegenen Bauernhof in den Abruzzen ein.

Der Besitzer des Gebäudes ist 78-jährige Pavel Schrotter, ein gebürtiger Österreicher.

Pavel Schrotter, ein ehemaliger Mittelschullehrer in Wien, machte in den achtziger Jahren durch die Gründung einer von den Schriften des Psychoanalytikers und Sexualforschers Wilhelm Reich inspirierten Kommune von sich reden.

Mit Geldern seiner Anhänger erwarb er das Gelände einer nicht mehr bewirtschafteten Hazienda auf Gomera.

Die Gruppe restaurierte die Gebäude und praktizierte „freie Sexualität".

Schrotter postulierte die Abschaffung der Zweierbeziehungen und die Geburt von Kindern einer „naturgemäß aufwachsenden Dritten Generation". Zunehmend aber entwickelten sich hierarchische und autoritäre Strukturen.

Anfang der neunziger Jahre wandten sich einige Kommunarden an die Presse und bezichtigten Schrotter des sexuellen Missbrauchs von Minderjährigen. Unter anderem sei eine Elfjährige von ihm schwanger geworden und bei der Geburt des Kindes gestorben.

Schrotter wurde daraufhin in Österreich wegen Verbrechen gegen die Sittlichkeit und das Suchtgiftgesetz zu zwölf Jahren Haft verurteilt.

Nach seiner Entlassung zog er sich mit einigen der ihm treu gebliebenen Anhänger auf den Bauernhof in den Abruzzen zurück.

Nach Auskunft der Polizei in Pescara besteht der Verdacht, dass sich die kleine Gruppe durch Betrug, Geldwäsche und Verwendung von Geldern aus illegalen Machenschaften finanziert.

Von daher ist darauf zu schließen, dass Hans Dinklage in Schrotters Auftrag zwecks Betrugs oder anderweitiger Geldbeschaffung in Hamburg war.

Der mutmaßliche Täter, der Nigerianer Kio „Blacky“ Okoye, verweigert nach wie vor die Aussage.

Frank Göhre 1943 geboren, arbeitete als Buchhändler, Bibliothekar, Verlagsangestellter und Hörfunkautor in Bochum, Köln und München. Seit 1981 lebt er in Hamburg und schrieb neben Romanen und Reportagen („Seelenlandschaften") die Drehbücher zu den Kinofilmen „Abwärts" (Regie Carl Schenkel), „Hard days, hard nights" (Regie Horst Königstein), „Die Ratte" (Regie Klaus Lemke) und das mit dem Deutschen Drehbuchpreis ausgezeichnete Drehbuch „St. Pauli Nacht" (Regie Sönke Wortmann).

Frank Göhre „zählt zu den renommiertesten Krimi-Autoren; seine Bücher sind gesellschaftliche Fallstudien, deren empirische Exaktheit manchem Gesellschaftsroman gut zu Gesicht stünde." (Die Zeit). Er gilt als Klassiker, „vielleicht DER Klassiker des Noir made in Germany." (Ulrich Noller).

Pendragon Verlag
gegründet 1981
www.pendragon.de

Gedruckt auf holz- und säurefreiem Naturpapier

Originalausgabe
Veröffentlicht im Pendragon Verlag
Günther Butkus, Bielefeld 2010

Lektorat: Eike Birck, Thomas Ritzenhoff
Herstellung: Uta Zeißler
Foto: Christine Landinger
Skulptur: Peter Weismann, „Palermo 2009“
Satz: Pendragon Verlag auf Macintosh
Gesetzt aus der Adobe Garamond
Druck: Aalexx Buchproduktion, Großburgwedel
ISBN 978-3-86532-202-9
Printed in Germany

Zappas letzter Hit
von Frank Göhre

2. Auflage

240 Seiten, Paperback, Euro 9,90

ISBN 978-3-86532-050-6

Der St. Pauli-Killer „Zappa“ hat seine Frau und sich in der Haftzelle getötet. Die spektakuläre Tat ist längst Geschichte. Doch Zappas Tochter kann das damalige Geschehen nicht vergessen. Sie glaubt, dass ihr Vater Opfer eines Verrats geworden ist. Sie will ihn rächen. „Zappa“, ein berüchtigter Auftragskiller (Hitman), wusste wesentlich mehr, als er ausgesagt hat. Dieses Wissen wird zu seinem letzten Hit – die Spur führt zu den wahren Tätern. Aber sie sind nicht die Einzigen, die im expandierenden Hamburg in die Enge getrieben und ausgeschaltet werden sollen.

„Frank Göhre setzt gekonnt seine Trilogie über den Hamburger Kiez fort. Formal ungewöhnlich verknüpft er Lokalkolorit und Zeitgeschehen mit der Krimihandlung.“

WELT AM SONNTAG

P E N D R A G O N - Verlag

Abwärts

von Frank Göhre

Verfilmt mit Götz George
und Hannes Jaenicke

Originalausgabe
200 Seiten, Paperback, Euro 9,90
ISBN 978-3-86532-117-6

Zuerst ist es nur eine Panne. Eine Fahrstuhlkabine hängt zwischen zwei Stockwerken eines Hochhauses fest. Drei Männer und eine Frau hoffen auf schnelle Hilfe. Doch die kommt nicht. Stattdessen die Angst, und dann die Panik. Die Kabine droht, in die Tiefe zu stürzen ...

„Abwärts" – ein Psychodrama über dem Abgrund und der Roman zu dem Kinohit mit Götz George, Renée Soutendijk, Wolfgang Kieling und Hannes Jaenicke. Ergänzt wird das Buch mit einem Nachwort von Frank Göhre über die Geschichte des Films von der ersten Idee bis zum Kinostart und dann seinem weltweiten Erfolg.

PENDRAGON - Verlag